给自己一个起飞的悬崖

GEI ZIJI YIGE QIFEI DE XUANYA

邵火焰 著

江西教育出版社
JIANGXI EDUCATION PUBLISHING HOUSE

图书在版编目（CIP）数据

给自己一个起飞的悬崖 / 邵火焰著. -- 南昌 : 江西教育出版社，2015.7（2019.7 重印）

（悦读文库）

ISBN 978-7-5392-8203-9

Ⅰ．①给… Ⅱ．①邵… Ⅲ．①散文集－中国－当代 Ⅳ．①I267

中国版本图书馆CIP数据核字(2015)第165190号

悦读文库

给自己一个起飞的悬崖
GEI ZIJI YIGE QIFEI DE XUANYA

邵火焰/著

江西教育出版社出版

（南昌市抚河北路291号 邮编：330008）

各地新华书店经销

日照教科印刷有限公司

710毫米×1000毫米　16开本　13印张　字数165千字

2015年8月第1版　2019年7月第2次印刷　印数10000 册

ISBN 978-7-5392-8203-9

定价：26.00 元

赣教版图书如有印制质量问题，请向我社调换　电话：0791-86710427

投稿邮箱：JXJYCBS@163.com　来稿电话：0791-86705643

网址：http://www.jxeph.com

赣版权登字-02-2015-401

目 录

第一辑

智慧点灯

留有余地的智慧

英国当代著名雕塑家安尼什·卡普尔，凭借雕塑《坠入地狱》一举成名。一天，英国著名纸媒《星期日泰晤士报》记者采访了安尼什·卡普尔。这名记者自己也是一位业余雕塑爱好者，他想请教安尼什·卡普尔当好一个雕塑家的秘诀。记者提问说："安尼什·卡普尔先生，你能给我们透露一点儿你成功的秘诀吗？"

只听安尼什·卡普尔说："其实，根本没有什么秘诀，我个人的体会是，要当好一名雕塑师，只要做到两点就行了：第一是要把鼻子和耳朵雕大一点儿；第二是要把眼睛和嘴雕小一点儿。"

记者不解地问："为什么要这样做呢？如果鼻子大眼睛小，耳朵大嘴小，那雕出的人像岂不是太难看了吗？"

安尼什·卡普尔对此做了解释："鼻子大眼睛小，耳朵大嘴小，就有修改的余地啊。你想想看，如果鼻子、耳朵大了，还可以往小里修改；如果眼睛、嘴小了，还可以向外扩大。反之，如果一开始鼻子和耳朵就雕小了，就再也无法加大了；如果眼睛和嘴一开始雕大了，也就没办法改小了。"

记者茅塞顿开。回去后，记者就此写了一篇题为《安尼什·卡普尔的智慧》的报道，报道中盛赞了安尼什·卡普尔留有余地的智慧。

其实，仔细想想，安尼什·卡普尔留有余地的智慧，对我们做人做事也是一种很好的启示：为人处世不同于韩信的背水一战，要为自己和他人

留一些回旋的余地。常言道：覆水难收。话说得过满，事做得过绝，都如同泼出去的水，再无回旋余地。无论出于为他人着想，还是出于为自己打算，在为人处世中，说话做事都应把握分寸，为人为己留有余地，这样才能进退从容，伸屈任意，才能在职场中立于不败之地。

退步原来是向前

唐朝有一位和尚，时常背着一个布袋子在社会各阶层行慈化世，因此人们叫他"布袋和尚"。一天，布袋和尚游方到乡下，与一农夫一起插秧，边插边后退。布袋和尚突然心有所悟：正是因为能够退后，所以才能把稻秧全部插好，这时的"退步"，不正是在向前进吗？于是，他思想火花突然迸发，当即吟诗一首："手把青秧插满田，低头便见水中天，心地清净方为道，退步原来是向前。"

不要以为布袋和尚的"退步原来是向前"只是对插秧劳动的描写，它其实包含着一种深刻的人生哲理。古今中外有很多深明此理的事例。

德国伟大作家歌德有一天到公园散步，迎面走来了曾经对他的作品进行过尖锐批评的评论家。这位评论家在歌德面前昂着头，高声地喊道："我从来不给傻子让路！"歌德却主动退后，并微笑着说："我的做法正好与阁下相反！"这位评论家闻言后红着脸站到了一旁，让歌德先走。在这里，歌德的退步，不仅避免了一场无谓的争吵，也显示了他的心胸和气量。

清代礼部尚书张英的老宅邻居叶家因起房造屋，与张家发生了争执。张家人便修书京城，要张英出面干预。张英看罢来信，立即写了四句话捎回老家："千里家书只为墙，让他三尺又何妨？万里长城今犹在，不见当年秦始皇。"张家人见信明理，立即把墙主动退后三尺；叶家见此情景，深感惭愧，也马上把墙让后三尺。这样，两家的院墙之间，就形成了六尺宽的巷道，成了有名的"六尺巷"。这里张英"退步"失去的是祖传的三尺宅基地，换来的却是邻里和睦的友谊以及流芳百世的美名。

留美的计算机博士高俊海毕业后回国找工作，结果好多家公司都不录用他，思来想去，他决定收起所有的学位证明，以一种"最低身份"去求职。不久他就被一家公司录用为程序输入员。这对他来说简直是"高射炮打蚊子"，但他仍干得一丝不苟。不久，老板发现他能看出程序中的错误，非一般的程序输入员可比。这时他才亮出学士证，老板给他换了个与他所学专业对口的工作。过了一段时间，老板发现他时常能提出许多独到的见解和有价值的建议，远比一般的大学生要高明。这时，他又亮出了硕士证，老板见后又提拔了他。又过了一段时间，老板觉得他还是与别人不一样，就对他"质询"，此时他才拿出了博士证。这时，老板对他的水平已有了全面的认识，毫不犹豫地重用了他。高俊海就是成功地运用了"退步"之法，以退为进，由低到高，让人一次次刮目相看走向成功的。

在生活中，我们还可以看到很多"退步"的情形：船舶前行，双桨却往后划动；船夫点篙，双手顺着竹竿一节一节后移；箭拉得越往后，射出的距离就越远；拔河比赛越往后退就越能赢……一句话：退，是为了更好地进。

"退步原来是向前"是一种生存智慧。它能让我们看到"海阔天空"的美丽，体验"峰回路转"的惊喜，找到"出奇制胜"的希望。

撤除眼前那面镜子

13岁那年，他参加了在日本举行的第二届柴可夫斯基国际青年音乐家比赛，一举夺得了第一名。当他回国后，父亲到机场迎接他时，他兴高采烈地拿出那枚金光闪闪的奖牌给父亲看，可是他没有在父亲的脸上见到预想的那种激动与兴奋的表情，父亲很平静地接过奖牌看了看就还给了他。回到家中，他又把奖牌拿给母亲看，并且沾沾自喜地说："妈妈，真没想到我的水平原来这么高，那些外国人都排在我的后面了。"母亲说："祝贺你，儿子！"

父亲没说祝贺的话，而是把他叫到书房。他家当时住在5楼，书房里有个大窗户，窗户边摆着的就是他平时经常练习的一架旧钢琴，当他练累了，站起来就可以透过窗户看外面的风景。可是现在这扇窗户却被父亲安上的一面大镜子挡住了。他不理解父亲这是何意，正准备问父亲时，父亲说："儿子，你到窗户前看看，说说你看到了什么。"

他来到窗户前，什么都没看到，只看到了镜子中的自己。他如实回答："我只看到了我自己。"

父亲走过来拿开了那面大镜子，然后说："你再来看看，说说你看到了什么。"

他来到窗前，透过窗户玻璃看到了对面的高楼，看到了街道上的行人、汽车等。他说："爸爸，我看到了高楼、汽车，还有好多人呢。"

这时，父亲上前抚摸着他的头说："儿子，有个道理爸爸想让你明白。同样是玻璃，只因镀上了一层薄薄的水银，就让人只看到了自己而看不到别人；如果除去这层薄薄的水银，你就会看到楼外有楼，人外有人。记住：人贵有自知之明，无论你成就多大，一定不能骄傲，要保持谦虚低调的态度，要明白，天外有天，人外有人！"

他懂事地点了点头，咀嚼着父亲的话，这才明白了父亲的良苦用心。

从此，他更加发奋努力，拜师学习，刻苦练习，不断给自己定下新的目标，不断超越自己。到25岁时，他已成为了名满天下的国际著名钢琴家。

他就是被美国权威媒体称作"当今这个时代最天才、最闪亮的偶像明星"，受聘于世界顶级乐团柏林爱乐乐团和美国五大交响乐团的第一位中国钢琴家，被《人物》杂志称为"将改变世界的20名青年"之一的郎朗。

前不久，凤凰卫视专访郎朗，当主持人问及他取得成功的原因时，他讲了上面这个故事，最后用了一句话作结："不要让镜子挡住了我们的视线，撤除眼前的那面镜子，我们就会一步步走向成功。"

"半途而废"的智慧

老师在教育学生，家长在教育孩子时，往往爱说这类话："遇到困难时，要奋力拼搏，锲而不舍，世上无难事，只要肯登攀，要有不撞南墙不回头的执着精神。"于是，这个世界上就衍生出了很多"背水一战"之类的可歌可泣可悲的故事。其实，人生旅途遭遇阻碍时，"半途而废"也是一种明智的选择。

我国著名作曲家、指挥家谭盾，1982年从中央音乐学院作曲系毕业后，只身来到美国，寻找生存之路。这时，他遇到了黑人琴师科斯尔，他们发现美国亚特兰大银行门前是一个能赚钱的好地盘，如果在此处卖艺一定收入颇丰。谭盾和科斯尔合作，发挥各自的天赋，一个谱曲，一个演奏。不到一年的时间，他们就掘到了数目可观的第一桶金。可是后来，银行门前禁止卖艺，他们再也找不到一个好地方。科斯尔提议不要被眼前的

困难吓倒，可以转战其他城市，继续合作赚钱。可是，谭盾却不想再去战胜困难，而是退出了合作，选择了进入纽约哥伦比亚大学继续深造，后获得了哥伦比亚大学音乐艺术博士学位。几年后谭盾脱颖而出，接连荣获国际音乐大奖。最终成为了享誉世界的音乐大师。

谭盾是明智的。他没有选择一鼓作气，继续卖艺，而是选择了"半途而废"，重新确立理想，读书充电，向着更高的目标攀登。试想，如果他继续与科斯尔合作，换一个城市卖艺，一生充其量只是一个不缺钱的流浪作曲者，永远不会成为闻名世界的音乐大师。可见，"半途而废"并不"废"，重新锁定目标后，继续勤奋努力，我们的人生就能跃上一个新的高度，走出一条成功的坦途。

1998年，著名作家毕淑敏成了心理学研究生。经过几年的刻苦学习，到了2003年7月，离拿到心理学博士学位的日子越来越近了，难度也越来越大了，思之再三，她最终决定不再继续读下去。这让许多人感到意外和不解，遇到了一点儿困难，就轻易地让几年的努力付诸东流吗？毕淑敏是这样回答的："因为我不能考外语、写论文。我担心一个几十万字的心理学博士论文写下来，我可能就不会写小说了。因为风格不一样，思维的训练也不一样。考外语，靠的是一个死功夫。我想，生命对我这个年过五十的人来说是那么宝贵，不值得拿出半年时间专门去念外语，去应对考试。"最终毕淑敏专心地去当她的作家。最后以364万元的版税收入，荣登"第二届中国作家富豪榜"第14位。

毕淑敏也是明智的。她明白自己内心真正需要的是什么，她的"半途而废"，不是毫无主见，随波逐流，更不是知难而退，而是一种正视自我，寻求主动，积极进取的人生态度。

曾经读到过这样一则故事。有一个农夫，每天早出晚归地耕种一小片贫瘠的土地，累死累活，收获甚微。一位天使可怜农夫的境遇，就对农夫说："只要你能不停地往前跑一圈，你跑过的地方就全部归你所有。"

于是，农夫兴奋地朝前跑去。跑累了，想停下来休息一会儿，然而一想到家里的妻子儿女们都需要更多的土地来生活，又拼命地往前跑……有人告诉他："你到该往回跑的时候了，不然，你就完了。"可是农夫根本听不进去，他只想得到更多的土地，更多的金钱，更多的享受。最终因心衰力竭，倒地而亡。

农夫是不明智的。他的眼中只有"进"而没有"退"，如果他不要太贪心，明白适可而止其实是一种智慧，那么等着他的就不是生命的终结，而是天伦之乐的幸福生活。

"半途而废"不是中途放弃，而是一种正常的生活态度，是明智的重新开始。行到水穷处，坐看云起时。在我们人生的道路上，当遭遇曲折坎坷的逆境时，不要"明知山有虎，偏向虎山行"，而应当机立断"半途而废"，重新选择契机，说不定会迎来"柳暗花明又一村"的惊喜。

一把泥土的神奇功效

生活在农村的人都知道，黄牛有两种类型：第一种性格温驯，任劳任怨；第二种脾气倔强，动辄发威。

如果遇上第一种类型的黄牛，当然省心，犁田翻地得心应手，牛轻松人也轻松；如果遇上第二种类型的黄牛，就让人闹心了，农活做到一半时，就停滞不前，没有经验的农人除了鞭打之外，别无良策。而这种黄牛倘若是发起性子来，要么待在原地，一动不动，像钉了钉子一样，无论农人怎样鞭打，都不迈半步，要么腾蹄甩尾，左摇右摆，欲从轭中挣脱。

对于第二种类型的黄牛，有经验的老农却有一个很巧妙的应对之法：

既不呵斥鞭打，也不会拼命使劲拽它，而是马上弯腰从正在耕作的田地里，抓起一把泥土，塞进牛的嘴巴里。千万别以为农人这是用泥土喂牛，牛是根本不会吃泥土的，它会很快地把满嘴的泥土吐得干干净净，等到泥土吐完，牛的脾气也没了，农人再扬鞭吆喝一声，牛就会老老实实地接着干活。等到它再耍脾气时，又如法炮制一遍。

一把泥土为什么会有这么神奇的功效呢？

农人说，道理其实很简单：牛嘴里填进了泥土，会让它很不舒服，它就会把注意力转移到口中的泥土上，牛急于处理口中的泥土，就收敛了脾气。

农人对付偏牛的办法启示我们：在人际交往中，与人发生争执，面临着矛盾升级自己想发火时，有时你的口才再好也说服不了那些脾气倔强的人。这时最明智的做法，就是采取农人的智慧，用转移注意力的方法来抵消怒气，这时来个"三十六计走为上策"，迅速离开使你发怒的场合，然后去听听音乐，看看书，散散步，你的怒气就会像烟雾一样慢慢飘散，心就会渐渐地平静下来，待双方心平气和的时候再去沟通，往往会取得很好的效果。

放下是为了更好地举起

江苏卫视的《非诚勿扰》节目中曾来过一位男嘉宾，30岁，事业上小有成就，是一家私企的一个部门小主管。男嘉宾在与场上女嘉宾互动对话时，说出了前女友离他而去的原因，是因为他职场压力过大，每天下班回家脑子里想的大多是工作中难题的破解问题，没顾得上花前月下去谈恋爱，很多时候冷落了女友，所以导致女友认为他心中没她而分手。

于是，围绕职场压力的问题，好几个女嘉宾发表了自己的见解。最后主持人孟非说了他对于压力的看法。

孟非手里刚好有男嘉宾上场时送给他的一瓶红酒，孟非举起酒瓶问男嘉宾："你说，这瓶酒有多重？"

男嘉宾说："两斤。"

孟非说："对，这瓶酒只有两斤，但你不一定举得起它。"

男嘉宾包括现场的所有人都不相信孟非的话，有个女嘉宾还插话说："不可能吧，孟爷爷，连我四岁的小侄女都能举起来呀。"

这时只听孟非说："请大家不要忽略一个关键性的问题：举起的时间。如果你举一分钟，当然不成问题；如果你举一个小时，也许勉勉强强能做到；如果举一天，恐怕就得上医院了。毫无疑问，举的时间越长，它会变得越重。"孟非继续说，"压力其实就像这瓶酒，如果我们一天到晚扛在肩上，它就会变得越来越重，最终必将会压垮我们。"

孟非拍了拍小伙子的肩膀说："记住，小伙子，工作中的压力也需常常放下，放下不是放弃，放下是为了明天更好地举起。还是多抽点时间来陪陪女朋友吧！"

现场响起了热烈的掌声，大家深深折服于孟非对压力的妙喻。

有一种爱叫残酷

中央电视台《动物世界》栏目曾播出过一期"长颈鹿产子"的节目，长颈鹿母亲那狠心踢子的画面，深深震撼了我。

　　非洲草原上，一群长颈鹿正在行进。突然有一只长颈鹿的脚步明显慢了下来，最后停止了前进。主持人的画外音响起："这只长颈鹿马上就要分娩了。让我们跟随摄像师的镜头，看一看它产子的过程吧。"

　　长颈鹿胎儿从母亲的子宫里出来后掉在了地上，是后背着地的，几秒钟后，小长颈鹿翻过身，四肢蜷缩匍匐在地。长颈鹿母亲低下头，看了一眼地上的新生命后，抬起长长的腿，踢向了它的孩子。小长颈鹿被踢得翻了一个跟头，蜷缩在一起的四肢伸展开了。小长颈鹿在地上扭动着身体，长颈鹿母亲重复刚才的动作，又踢了小长颈鹿一脚。小长颈鹿翻滚了一圈后，似乎感觉到母亲还会踢它，它摇摇晃晃地想站起来，但努力了两次没有成功，这时长颈鹿母亲赶上来又踢了一脚，小长颈鹿又翻滚了一圈。这次可以看出小长颈鹿拼命地想站起来，它四肢打战，摇摇摆摆，最后终于站了起来。

　　电视机前的我终于松了一口气，情不自禁地为小长颈鹿鼓起了掌。

　　然而，在我的掌声还没有停止时，长颈鹿母亲做出了一个更不合常理的举动。它再次把小长颈鹿踢倒在地。当我瞪着一双疑惑不解的眼睛望着电视画面时，主持人的画外音又响了起来："观众朋友们看到这里，也许觉得不可思议，为什么小长颈鹿站起来后，母亲还要将它踢倒呢？原来母亲是想让它记住自己是怎么站起来的，只有让它记住了，以后如果不慎倒下，它就会很快地站起来。因为这是生存的需要。在荒野中，小长颈鹿必须要以最快的速度站起来，如果长颈鹿母亲不教会它的孩子尽快站起来，与鹿群大部队保持一致，那么小长颈鹿就会成为狮子、野狼和土狗们的猎物。"

　　站起来了的小长颈鹿跟随母亲赶上了鹿群……

　　这期节目让我想到了家庭教育问题。长颈鹿母亲这种看似粗暴、残酷的行为，其实是爱的另一种表达方式。它告诉我们，爱，还要会爱。爱是一种表现，我们需要了解爱的形式；爱是一门学问，我们需要掌握爱的方式；爱是一种智慧，我们需要把握爱的尺度。

不管怎样，别忘了，世上还有一种爱，叫作残酷。

积极心态能开花

美国现代成功学大师拿破仑·希尔说："积极轻松的心态，就是心灵的健康和营养。一个人如果心态积极，轻松乐观地面对人生，轻松乐观地接受挑战和应付麻烦事，那他就成功了一半。"

有一个有趣的故事，可以让我们更好地领略积极心态的魔力。

教授在上课前来到教室，请学生们帮他一个忙，把他家里的一些青花瓷瓶搬到教室里来，说等会儿上课要用到这些青花瓷瓶。教授说："愿意帮忙搬青花瓷瓶的同学请举手！"结果全班50多名学生闹哄哄地都举起了手，教授挑选了十几个比较胆大的学生，跟着他来到了家里。

教授家的储藏柜里摆着十多个漂亮精致的青花瓷瓶。有学生问："教授，这瓷瓶这么贵重又这么易碎，假如我们搬运时摔碎了要我们赔吗？"教授说："这瓷瓶别看花色这么好看，其实并不值钱，50多元就可买一个，你们尽管搬，万一碎了你们也赔得起，怕什么？"学生们一听，嘻嘻哈哈地每人抱起一个瓶子就向教室跑去，把瓶子整整齐齐地摆在了讲台旁边的桌子上。

开始上课了，教授说："同学们，你们知道刚才搬来的青花瓷瓶每个值多少钱吗？"

有学生答："你刚才不是说了吗，每个50多元。"

教授笑了："那是骗你们的。这种类型的青花瓷瓶，国内市场价，每个两万多元。"

刚才抱瓶子的学生心里一惊。

这时教授的手机响了，教授按了免提键，全班同学都听到了教授与教授夫人的对话，夫人让教授把青花瓷瓶马上送回家。其实这个环节是教授事先设计好的。

教授说："看来还得请同学们帮忙，再搬回去。"教授顿了一下，扫视了教室一圈后，说："愿意帮忙搬青花瓷瓶的同学请举手！"

这次教室里鸦雀无声，没有一个同学举手。

教授问："怎么，没有同学愿意帮我搬吗？说说，为什么？"

有同学回答："怕摔了。"

"那刚才为什么敢搬呢？"教授笑着问。

"那是因为我们不知道它的价值。因为我们以为即使摔了也赔得起。"

教授收住了笑容，在黑板上用粉笔写下了一行字："无知者无畏，心态很重要，它往往能决定成败。"

细品这个故事，不难看出有些事情在不清楚它到底有多难时，我们往往能够做得更好，这就是人们常说的"无知者无畏"，很明显"无知者"之所以"无畏"就是因为他拥有一种积极轻松的心态。

积极心态能开花，能开出智慧之花，结出成功之果。因此，我们的教师在平时的教学中帮助学生树立积极的心态极其重要，它能让学生在不知不觉中向目标迈进。

放弃的智慧

美国哥伦比亚广播公司旗下的CBS电视台曾推出一个特别节目《富翁访谈》。每期请一位富翁讲述他的成功之道。现年56岁的美国投资大亨保尔森的讲述，让观众受益匪浅。

主持人首先提问："保尔森先生，一个人要想成功有什么诀窍吗？"

保尔森没有直接回答主持人的问题，而是让工作人员拿来一个大苹果。保尔森亲自操刀将苹果切成了大小不一的三块，放在了主持人面前，然后才说："如果每块苹果代表一定程度的利益，请问主持人，你会选哪块？"

"当然是最大的那块！"主持人毫不犹豫地回答。

保尔森微笑着把那块最大的苹果递给了主持人，说："好吧，我们开始吃掉它。"

主持人拿起那块大的苹果吃了起来，而保尔森却吃起了那块最小的，两口就咬完，随即保尔森又拿起桌上比主持人手里的那块略小的最后一块苹果，在主持人眼前摇晃了几下，然后大口地吃了起来。

待两人都吃完后，保尔森问主持人："咱俩谁吃的苹果多？"

这样一问，主持人马上明白了保尔森吃苹果的用意。主持人说："保尔森先生，我明白你的意思了，你吃的两块苹果虽然都没有我的一块大，但你却吃得比我多。"

保尔森说："很对，假如我们把每块苹果设定为一定程度的利益，那么我今天占有的利益无疑比你多。"

主持人频频点头。

最后，保尔森说："现在让我回答你开头提出的那个问题吧，要想成功，就要学会放弃，只有放弃眼前的小利益，才能获取长远的大利益，这就是我的成功之道。"

成功的秘诀

有一年，被誉为当下中国青年创业者的"心灵导师"，现任新东方教育科技集团董事长兼总裁的俞敏洪，应邀到北京一所大学给学生们讲课，其中有一个环节是现场解答学生提出的问题。有个学生提出了这样一个问题："我看过很多励志文章，包括老师也是这样教育我们的，人要有奋斗目标，然后向着目标持之以恒地勇往直前。我们很多学生在大二时，有的甚至在大一时就选择了创业目标，并且全力投入其中，可是大多以失败而告终。请问俞老师，成功有什么秘诀吗？"

俞敏洪说："在回答你的问题之前，先让我讲个故事吧！"随后俞敏洪讲了下面这个故事。

有个成功学教授曾做过一个实验：把几只蜜蜂放进一个平放的瓶子中，瓶底向着有光的一方，瓶口敞开。只见蜜蜂们向着有光亮的方向不断飞动，不断撞在瓶壁上。最后当蜜蜂们明白自己永远都飞不出这个瓶底时，就不愿再浪费力气了，它们停在光亮的一面，奄奄一息。随后，教授倒出蜜蜂，把瓶子按原样放好，再放入几只苍蝇。不到几分钟，所有的苍蝇都飞出去了。知道是什么原因吗？其实原因很简单，苍蝇们并不是朝着一个固定的方向飞行，它们会改变方向多方尝试，向上，向下，向光，背光，虽然免不了多次碰壁，但它们最终会飞向瓶颈，并顺着瓶口飞出。

最后俞敏洪说："成功并没有什么秘诀，就是要在行动中尝试，改变，再变，再尝试……直到成功。"

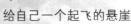

感悟马嘉鱼

索马里海峡的深海处，生活着一种鱼类：马嘉鱼。马嘉鱼头小身大体圆，外表形似纺锤，表皮银白色，尾巴像燕尾，又圆又大的眼睛，像一对明亮的珍珠镶嵌在鱼头的两侧，很招人喜欢。马嘉鱼肉质鲜嫩，营养丰富，含有人体所需的多种微量元素。马嘉鱼常年潜在深水中很难捕捉，只有在春、夏两季的时候，才一批批地随潮水涌到浅水处产卵。据说，索马里海盗就是根据马嘉鱼的这一动向，抓住时机捕捉马嘉鱼，然后将其肉切成碎片晒干储存，留在秋冬缺粮时节食用。

海盗们捕捉马嘉鱼的方法很简单。制作一个孔隙与马嘉鱼的头部一般大小的竹帘，竹帘的下端系上铁块或石头，放入水中，由两只小艇拖着，拦截游往浅海产卵的鱼群。马嘉鱼的个性倔强，勇往直前，闯入罗网之中也不会停下，仍然前赴后继地想从竹帘的孔隙中穿过，但头容易穿过，身子却难以穿过。这时，马嘉鱼如果懂得遇到障碍后退回游，就能很容易地从孔隙中脱身，转个弯便可找到出路，但马嘉鱼越是遇到障碍越拼尽全力，瞪起圆圆的眼睛，张开脊鳍，更加拼命地往孔隙中钻去，结果愈钻卡得愈紧。最后一条条"英勇无畏"的马嘉鱼就被竹帘之间的孔隙牢牢地卡住。海盗们只需提起竹帘，用刀削掉鱼头，拿下鱼身，然后又将竹帘投入水中，如此循环往复，便可满载而归。

马嘉鱼的勇往直前或许能给我们很多有益的启示。

细细思之，马嘉鱼的悲哀在于不明白"退一步海阔天空"的道理。其实，"退一步"是一种人生智慧。古人云："东方不亮西方亮，黑了南方有北方。"也许说的就是"退一步"的哲理。

在我们人生的道路上，同样会遇到很多障碍，这时就需要我们冷静下来思考，反复权衡进退的利弊，切不可一味相信"爱拼才会赢"。当我们

在前进的路上看不到成功的希望时，不妨换个思路，调整一下目标，改变一下方向，也许会在"山重水复疑无路"的境地里，出现"柳暗花明又一村"的奇迹。

"借"是一种智慧

曾听说过这样一个故事。

陕西农村有个一字不识的农夫，在清理自家的祖传宅基地时，挖到了两百多个"破旧碗盘"。他听人说这些破旧碗盘很值钱，但到底值多少钱，他心中一点儿底也没有。怎么办呢？农夫自有他的办法。

农夫到市场上放出消息说，家里有刚刚挖到的一些碗盘，故意让那些专门到乡下去搜旧货的商人听见。一个古董商听后就去农夫家看货，农夫把所有的破烂碗盘铺在草席上，说："你先挑，挑好了，我们再来谈价钱。"古董商精挑细选，挑了五个小盘子出来，问他："你要多少钱才出手？"农夫反问："你出多少钱？"对方说："这五个盘子，我愿意每个出价两百元。"农夫听后说："每个一千元我才卖。"古董商觉得太贵，没有交易成功。于是，农夫知道这五个盘子应该是其中比较值钱的。后来，又不断有人上门来挑，他又用同样的方法对待，由此知道了哪些碗盘有人要，哪些是最值钱的，哪些是垃圾。后来，农夫把留下的碗盘都卖出了最好的价钱。

这个故事颇值得我们咀嚼，对古董一窍不通的农夫，是凭什么将手中的碗盘卖出最好价钱的呢？很显然他的做法是：借内行人的头脑和眼光，作出成功的定价策略。

农夫的这种"巧借智慧"的做法启示我们:"借"是一种生活智慧,是一种人生谋略,是一种成功艺术。我们要学会巧借别人的智慧,化为自己的智慧。我们要善于借助一些可以借助的力量,将"借"的智慧发扬光大,去创造属于自己的人生辉煌。

钱学森"上树摘土豆"

1955年10月,我国"导弹之父"钱学森终于冲破重重阻力回到了祖国的怀抱。第二年,国务院和中央军委就任命他为中国科学院力学研究所所长。

新官上任后的钱学森,报国热情澎湃,把所有的时间和精力都投入到了导弹的研究中。他知道依靠他一个人的能力很难干出什么成绩,只有集中大家的智慧,才能攻坚克难。因此,遇到困难时,他就组织大家开会讨论,以期找到破解问题的最佳途径。

可是,因为他的名气太大,又是领导,同志们对他非常尊重,每次研讨问题,大家都客客气气的,以他说的为准,谁也不提任何意见,导致开会时总是出现冷场的局面。

钱学森眉头紧锁,看在眼里急在心里。怎样打破这一沉闷的局面呢?那几天,钱学森吃饭和睡觉时脑海里想的都是这个问题。一天晚上,他无意中从收音机里听到了一个传统的相声段子,钱学森笑过之后,突然受到了启发,他想到了一个应对冷场的巧妙办法。

第二天开会,钱学森就按他的办法行事了。一段开场白过后,他说:"我上个月,到农村去了一趟,帮助一个农民上树去摘土豆,那土豆可大

了，一个个像个小西瓜，一个上午就摘下了100多斤……"

钱学森故意把话说错，而且错得离奇搞笑，他自己却装得一本正经。与会者的目光马上全部聚集在了钱学森身上，大家愣了片刻后，当场就有人笑了起来，接着大家都笑了，沉闷拘谨的气氛一下变得活跃了起来。

笑声过后，有人主动站起来发言："钱所长，您恐怕讲得不对吧？土豆是生长在地下的，怎么跑到树上去了？""是啊，你弄错了吧，不是摘土豆是摘苹果吧？""从来没听说过有西瓜那么大的土豆。"……

听到终于有人说话了，钱学森的眉头这才舒展开来，他笑着说："谢谢大家！这么多天来，总算听到你们的不同意见了。"

大家这才恍然大悟，明白了钱学森的用意，深为他的良苦用心而感动，这天的会开得很成功，气氛活跃了，大家也敢于和钱学森争论问题了。

从此以后，所里每次开会讨论问题，大家都畅所欲言，积极发表见解，很多难题就是在这热烈的气氛中找到解决办法的。

破盆中开出美丽的凤仙花

彼得·丁克拉格15岁时身高还是1.28米，看到周围的同学一个个都比自己高，他心里很痛苦，但他还幻想着再过几年会长高的。可是到了18岁，他的身高还是1.28米，他才开始明白，自己就是人们常说的侏儒。于是自卑心理越来越严重。

母亲看在眼里急在心里。这天，母亲对彼得·丁克拉格说："家里阳台上养的几盆花，从现在开始，就交给你负责照看，你能做好吗？"

彼得·丁克拉格是个懂事听话的孩子，他点头答应了母亲。

　　以前，彼得·丁克拉格总没有心情去关注这些花，在他看来，这都是一些普普通通的植物，跟路边的草没什么区别。现在母亲把照看花的任务交给他，他才开始关注起它们来了。放学回家后的第一件事，就是去看花，他不相信这些其貌不扬的植物会开花，但他还是认真地对待它们，隔不了几天就给它们浇浇水。

　　有一天，当他再次到阳台上给它们浇水时，惊喜地发现，有株植物竟然开出了一朵形似蝴蝶的粉红色的花，极其娇柔好看，几天后又接着开出了几朵。彼得·丁克拉格到学校图书馆找来花卉方面的书籍一对照，搞清楚了，这花叫凤仙花。后来那几盆他眼中的草，陆陆续续地都开出了美丽的花。

　　彼得·丁克拉格惊喜之下，带母亲去看那些花。母亲开心地抚摸着他的头问："儿子，这些花好看吗？"彼得·丁克拉格使劲点着头说："好看，太好看了！"

　　母亲捧起一盆花，指着花盆说："那么你再看看，这些花盆好看吗？"

　　彼得·丁克拉格以前只顾看盆中的植物，开了花后只顾看花，还从来没有关注过花盆。现在一看花盆，他不由得皱紧了眉头，那花盆是一只生了锈的破痰盂做的，多处凹陷进去，样子难看死了，再看其余的那几个花盆，也都是用一些废弃的破土罐子做的。

　　母亲说："儿子，你说说看，花好看与用什么盆来栽有关系吗？"彼得·丁克拉格想了想说："没关系。"

　　这时，母亲把彼得·丁克拉格拥在怀里说："有一个道理妈妈想让你明白，一朵花开得美不美丽，不是由花盆决定的，真正的决定因素是花的种子。你要振作起来，相信自己是一粒健康的好种子，即使装在破盆中，也能开出美丽的凤仙花。"

　　彼得·丁克拉格突然感觉到心里一亮，他仔细咀嚼着妈妈的话，豁然

开朗，突然悟到了妈妈要他照顾花的真正原因。彼得·丁克拉格紧紧拥抱着母亲说："妈妈，你放心，我知道该怎么做了。"

从此，彼得·丁克拉格像变了一个人一样，开始参加学校的一些社团活动，喜欢与同学们打交道了。他参加了一个表演社团，发现自己很有表演天赋，于是高中毕业后，他报考了一所戏剧学院专门学习表演。毕业后进入演艺圈摸爬滚打，2003年，在电影《心灵驿站》中开始崭露头角，2011年，最终凭借在HBO电视剧《冰与火之歌——权力的游戏》中扮演性格矛盾、说话刻薄的"小恶魔"提利昂·兰尼斯特，获得了美国国内影视表演最高奖艾美奖——最佳剧情类男配角奖。他一举成名，成为了一朵美丽的凤仙花。

学会分解困难

在英国东南部的泰晤士河的支流上有一座名叫赫耳卡的大桥，这座桥是以一个名叫赫耳卡的青年的名字命名的，为什么以他的名字命名呢？

事情的经过是这样的：

赫耳卡住在河东，他爱上了河西的一个姑娘。可是由于大河的阻隔，赫耳卡要和姑娘相会时每次都很费周折，要乘电车绕很远很远的道。赫耳卡想，要是在此造一座大桥不就可以天天和心爱的姑娘见面了吗？赫耳卡找人预算了一下，造桥费用最少得90万英镑。到哪里去筹集这么多钱呢？

赫耳卡最先想到电车公司，电车公司是直接受益者，因为桥造成了，电车就不用绕道了。可是电车公司说，如果费用少点可以考虑，但现在费用太大，一下子拿不出这么一大笔钱。

赫耳卡没有放弃，他又了解到与修桥和线路有关的还有两个单位。一个是铁路公司，当时他们的火车调车地点与电车行驶的一条隧道相交叉，既阻碍交通又经常发生事故，如果造了桥，电车道就可以改走桥上，那条隧道就可专供火车通行，这对铁路公司也很有好处。另一个单位就是当地政府，如能解决这个民众多次投诉的老大难问题，就等于为百姓办了一件实事，无疑可大大提高政府的威望。

于是，赫耳卡开始三方游说。他先找到电车公司，对他们说："如果你们电车公司能投资三分之一，其余三分之二的资金由我负责解决。"电车公司领导盘算了一下，觉得只花30万英镑，就解决了问题，很划算的，他们高兴地同意了。接着，赫耳卡又到铁路公司和当地政府，也用同样的方法征得了他们的同意。资金的问题就这样落实到位了。随后在赫耳卡的具体实施下，只用了半年的时间，大桥就竣工了。三家单位和市民们皆大欢喜，更欢喜的是赫耳卡，他从此可以天天和心上人见面了。

赫耳卡的三分之一的智慧启示我们：当我们在职场中面对困难时，不要畏惧，无论任务多么艰巨，问题多么复杂，只要把它加以分解，然后各个击破，一点一点，一步一步地去完成，就一定能够取得最后的胜利。

沙漠蕉鹃的生存智慧

在非洲南部撒哈拉沙漠和中部苏丹草原地区之间，有一个名叫萨赫勒的地方，这儿生长着一种名叫雕鸮的猛禽。雕鸮体形长大，两翅展开足有1米，它最爱捕杀一种身形小巧的小鸟：蕉鹃。雕鸮捕杀到蕉鹃后并非吃其肉，而是只啄食其头顶上的肉冠。

　　同样是蕉鹃，却有两个种类，一种生活在撒哈拉沙漠地区，外表难看颜色灰黑；一种生活在中部苏丹草原地区，羽毛红蓝相间，颜色十分漂亮。生活在撒哈拉沙漠地区的蕉鹃，数量有增无减；生活在中部苏丹草原地区的蕉鹃却濒临灭绝。

　　苏丹著名的喀土穆大学生物学教授马波里通过两年多的实地考察和研究发现，造成这两地蕉鹃一多一少的罪魁祸首正是蕉鹃的天敌雕鸮。马波里教授发现，雕鸮识别蕉鹃方法很简单，只是看颜色。撒哈拉沙漠地区的蕉鹃颜色灰暗丑陋，入不了雕鸮的眼；中部苏丹草原地区的蕉鹃颜色鲜艳漂亮，成了雕鸮的最爱，正是这漂亮的外表给其带来了杀身之祸。

　　由鸟及人，获得了如下启示：外表的美丽不一定适应环境，有时是一种负担，而且往往会为生存带来麻烦或灾难。相反，平平常常倒能活得自由自在。所以，不如放下你外表虚荣的美丽，或者是不实的身份和地位，踏踏实实地体会真实简单的生活，相信这样你将获得更多的乐趣。

湄公鳊鱼的生存智慧

　　在老挝的一条不起眼儿的河流湄公河里，生长着一种珍贵的鱼种：湄公鳊鱼。20世纪初，老挝政府把湄公鳊鱼列为国家一级保护动物，老挝人也自觉地拒食湄公鳊鱼，如果渔人们在打鱼时，无意中捕到了湄公鳊鱼，也会小心翼翼地及时放生。

　　是什么原因让人们对湄公鳊鱼宠爱有加呢？

　　湄公鳊鱼其貌不扬，体长50厘米，背鳍柔软，尾巴宽阔，扁扁的身形就像一把大铡刀。湄公鳊鱼喜欢成群结队地在水面扁着身子嬉戏，它们尤其喜欢玩托物逐浪的游戏,当湄公鳊鱼发现水面上有物体沉浮时,它们就会聚在一起,用身体托起漂浮物推向岸边,物体过重时,湄公鳊鱼就会用尾巴拍打水面,向同伴发出信号,请求增援,收到信号的同伴就会很快赶来协同作战。很久以前,湄公河两岸的人们就利用湄公鳊鱼的这种习性,故意抛下一些物体,然后在岸边撒网捕捞。这时,人们看到的仅仅是湄公鳊鱼的食用价值,直至有一天两个小孩落水后,湄公鳊鱼的珍贵之处才为人们所认识。

一天,湄公河边的一个村庄里的几个小孩划一只小船在河中游玩,其中有两个小孩在船上打闹,一不小心撞在一起掉进了河里,另外的孩子看见有人落水,不敢下去救援,惊慌失措地把船划向了岸边,上岸后大声呼喊救命,可是周围没有大人,他们只好跑回村子里向大人们求救。村民们赶来时惊奇地看到,那两个落水的小孩竟然在水面上漂浮着,慢慢向河岸移动。看到这一奇景,他们没有下水,目光追随着那两个孩子,等到了岸边大家这才看清那两个孩子的身体下面有很多湄公鳊鱼。湄公鳊鱼有的用头,有的用身子,有的用尾巴托着孩子,慢慢往岸边移动。村民们在岸边伸出手,把两个孩子拉了上来。岸上响起了一片欢呼声。当他们问及那两个孩子时,两个孩子都说,他们落到水里面正在瞎扑腾时,就感觉到身体下面被什么东西托住了,再一看是很多鱼儿在托着他们慢慢向岸边移动。

从此,人们把湄公鳊鱼叫作"救人鱼",湄公河两岸的人们也自觉地不再捕捉湄公鳊鱼。

前不久,听说老挝政府充分利用湄公鳊鱼的这一特性,开发了一个旅游项目:体验湄公鳊鱼救人。这一旅游项目为湄公河两岸的人们开辟了一条致富之路。很多人慕名来到湄公河,跳进水中,亲身感受让湄公鳊鱼驮着驶向岸边的新奇与快乐。湄公河也是因湄公鳊鱼而名扬全球。

湄公鳊鱼的生存之道对职场中的我们颇有启示:当看到别人遇到困

难坎坷甚至危险时，你绝不可袖手旁观，应该出手相帮。你对别人施以援手，其实是一种智慧，因为你同时也为自己打开了一扇方便之门、生命之门。

我们不妨记住这么几个关键词：付出、回报、团队精神、帮人帮己。

悬崖壁上有棵希望的树

职场中，有这样一种人，面对困境时不是积极想办法去应对，而是畏惧妥协看不到光明，最终被"吓"死。其实，很多时候困扰我们的不是外界的环境，而是我们的内心，正所谓"哀莫大于心死"。

请看两个例子。

第二次世界大战期间，有一个名叫克尔利特的盟军战士，在一次战斗后成为了纳粹的俘虏。纳粹把他带到军营中后，将他捆绑在一棵树上，蒙上他的双眼，然后告诉他说："我们不想一下就杀死你，要让你慢慢死亡，我们现在将割开你的手腕对你进行放血，让你的血流干净后自行死亡。"然后，被蒙上双眼的克尔利特就听到搬动金属器械的声音，紧接着就感到手腕上被刀划过的一阵疼痛，然后就听到血滴进器皿的"滴答"声。克尔利特听到那一下下的"滴答"声时，心惊肉跳，感觉死神在一步步逼近，他哀号一阵之后就气绝而终了。其实，纳粹并没有割开他的手腕，只是用刀背在他的手腕上重重地划了一下，那"滴答"的滴血之声是在他的手腕旁边安装的一个水龙头里流下的水滴声。

在美国的一家肉联公司，有一位名叫洛克菲的职员，有一天下班了他还在清理一个待修的大冰柜，不知道什么原因冰柜的门自动关上了，洛克菲被关在了里面。洛克菲恐惧至极，在里面拼命地敲打喊叫，然而徒劳无益，因为其他员工都已经下班回家了，没有人来帮助他。洛克菲想尽了各种办法来打开冰柜的门也无济于事，冰柜的门从里面是无法打开的。他沮丧地坐在冰柜的角落里越想越害怕。他暗自寻思，冰柜里零下十几摄氏度，要是等第二天同事上班的时候来开门，自己会硬得像冰柜里的冻猪肉一样……第二天，别的职员上班后打开冰柜的门时，发现洛克菲蜷缩在冰柜的角落里，已经死了。大家很惊讶，因为冰柜坏了，根本就没有制冷，里面有十几摄氏度，也不缺氧，可是洛克菲却被"冻"死了！

杀死克尔利特和洛克菲的是谁？很明显都是他们自己，是因为他们对生存失去希望。其实，很多时候现实并非我们想象中那么恐惧和黑暗，如果面对绝境，我们心里少些恐惧多些勇气，就会在"山重水复疑无路"的境地里找到"柳暗花明又一村"的惊喜。

但愿现实生活中不要再现这样的"另一种自杀"，职场上无论遇到多大的困难，要充满信心地想到车到山前必有路，办法总比困难多，以积极阳光的心态迎接人生中的每一个挑战。要相信有这样一种可能：当我们掉下悬崖时，有时会被崖壁上伸出的一棵树托住。

保留一只眼睛看自己

加拿大女作家爱丽丝·门罗获得诺贝尔文学奖后，声名鹊起，很多文学爱好者都想拜她为师学习写作。爱丽丝·门罗发现这些文学爱好者都有些急功近利、心浮气躁的毛病，他们总想一下子就能写出传世之作，成名成家。爱丽丝·门罗决定找机会好好开导开导他们。

　　这天，爱丽丝·门罗在一所大学演讲时，一个天赋很不错并且在名刊上发表了几篇小说的学生，提出了这样一个问题："老师，你看凭我的条件，需要写多久才能成为一流的作家呢？"该生问题一提出，其他学生不约而同地把目光投向了爱丽丝·门罗。爱丽丝·门罗知道这也是大家都想知道答案的问题，她马上感到教育文学爱好者的机会来了。

　　爱丽丝·门罗环顾了全体学生一圈后说："我认为最少得5年！"

　　这个学生紧接着又说："那如果我付出加倍的勤奋和努力，是不是就可以缩短为两年呢？"

　　爱丽丝·门罗说："不，那最少得10年。"

　　学生们都瞪大眼睛望着爱丽丝·门罗，他们不明白，为什么勤奋、努力地去写反而离成功的目标远了呢？那位提问的学生更是莫名其妙，他不甘心地继续问："假如我再牺牲一切休息时间苦练写作，那么得多久可以成为像您这样的大作家呢？"

　　爱丽丝·门罗回答："那你今生与大作家永远无缘！"

　　"为什么？"

　　爱丽丝·门罗说："因为你会因劳累过度而伤害身体，轻则是腰椎颈椎病，重则会死亡！"

　　爱丽丝·门罗接着面向全体学生说："请同学们记住一点，别把眼睛始终盯在'一流的大作家'的目标上。要当好一名作家，仅仅靠刻苦、勤奋、努力是不够的，还要对你所完成的每一篇作品倾注爱，倾注感情，必须永远保留一只眼睛审视自己，不断地反省自己，修正自己，提升自己。如果眼中、心中只有那些虚名，永远成不了大作家！"

　　教室里响起了经久不息的掌声，所有的学生当然也包括那位提问的学生都心悦诚服地直点头。

幸福是一条珍珠项链

同事刘姐每天走进办公室总是一脸的笑意，不知情的人根本看不出她是一个很不幸的女人。4年前婆婆中风瘫痪在床，前年老公遭遇车祸被截掉了左手，去年女儿又突然得了癫痫病，这接二连三的厄运要是放在其他人身上，也许只有成天愁眉苦脸、唉声叹气的份儿，可是刘姐却能从悲伤痛苦的阴影中很快地走出来，走到生活的阳光中来。

刘姐给我们的感觉是，她是一个幸福的女人。

有一天，我问刘姐："你每天总是乐呵呵的，是不是把痛苦压在心里不表露出来啊？"

刘姐说："不是啊，我有我的想法，当不幸降临时，如果我无法改变眼前的事实，我只有改变自己的心境，每天寻找发现一点儿快乐，这个快乐就像一粒珍珠，快乐的珍珠多了，我就能把它穿成一条幸福的项链。"

接着刘姐告诉我，其实我们的生活中不乏快乐的珍珠，缺少的是发现它的心境和眼睛。比如，当我早上骑车出门时，女儿说，妈妈，你骑慢点，路上注意安全，想想女儿懂事了，知道关心妈妈了，我的心血没有白费，心就快乐起来了；当我在菜市场买菜时，买到了新鲜、正宗、便宜的土鸡蛋，我会高兴地想，今天运气真好，买到了难得的土鸡蛋，中午可以给婆婆做一盘她最爱吃的番茄炒鸡蛋，看到久病在床的婆婆脸上有了笑容时，我也为给老人带来了快乐而高兴；当我逛超市时，看到一款新式的男式皮靴在搞促销，我给老公买了一双，回家看到老公穿上后连连说好时，

我心里喜滋滋的……每天捡拾起这些快乐的珍珠，我们的快乐不就连成了一条幸福的项链吗？

刘姐的话令我茅塞顿开：快乐是一粒粒珍珠，我们的心境就是那穿起快乐的红线，用我们的心境将那一粒粒快乐的珍珠穿起来，我们就拥有了一条幸福的珍珠项链。

既然如此，生活中我们每天为什么不去寻找那快乐的珍珠呢？走出家门，家人的一句"路上小心"的叮嘱，就是一粒珍珠；坐在公共汽车上，我主动给老人或孕妇让座，老人或孕妇那声"谢谢"就是一粒珍珠；走进办公室，同事的那声"早"的问候就是一粒珍珠；工作中我提前完成了领导交给的任务，轻松地嘘了一口气就是一粒珍珠；遇到困难时，别人的一句关心一句指点就是一粒珍珠；下班回家，家人的一句"正等着你吃饭呢"的呼唤就是一粒珍珠……

捡起这些不起眼儿的珍珠吧，用积极健康的快乐心境穿起它，我们就能感受到人生的幸福和精彩。

企鹅的智慧

中央电视台《动物世界》栏目曾播出过一期"企鹅上岸"的节目，那企鹅从水面腾空而起的画面至今在我的脑海里挥之不去。

远景：一望无际的海洋。近景：海岸厚厚的冰层，那冰层滑溜溜的，在阳光下闪着刺眼的光。

主持人的画外音响起："观众朋友们，这里镜头展现的是冰天雪地的南极。大家可以看到，这漫长的海岸全部都是光滑的冰层，没有一点儿棱角和可供攀缘的凸起部分。不知你们想过一个问题没有，南极企鹅它们是怎样爬上岸的呢？"

镜头移到了岸上。岸边是一群企鹅在走动，很多企鹅似乎在闹着玩，用长长的尖嘴去叨旁边企鹅的羽毛，旁边的企鹅摇摇摆摆地向后退去，那滑稽的样子，让电视机前的我笑出了声音。我一边笑一边琢磨：是啊，海岸这么光滑，没有一点儿摩擦力，企鹅是怎么爬上来的呢？难道企鹅会飞？

我正这样想着，主持人的画外音又响起来了："观众朋友们，你们有答案了吗？要知道企鹅身躯笨重，它们没有用来攀爬的前臂，也没有用来飞翔的翅膀，那么它们是怎样上岸的呢？请随着我们水下摄像机的镜头，一起来揭晓这一谜底吧！"

镜头在追踪水下的一只企鹅。这只企鹅划动鳍状的前肢，向水面浮去，浮出水面后直接向岸边划去。当它挨近冰岸的时候，只见它猛地一低头，从海面扎入了水中，然后拼力向下沉潜。正当我不知道企鹅为什么突然有这一举动时，主持人的画外音开始解说："从物理学角度解说，潜得越深，海水所产生的浮力就越大。这只企鹅还在下沉，它下沉到10米的时候，会怎么样呢？"

我紧盯着还在下沉的企鹅。主持人说："现在到了10米的位置。请观众朋友们看好了……"

下沉的企鹅停止下沉，它突然一个翻转，头迅速朝上，快速地摆动短小的双足，迅猛向上冲去，犹如离弦之箭一样蹿跃出水面，腾空而起，那笨拙的尾部跟着一摆，身体向岸边一倾斜，就稳稳地落在了岸上。看到这不可思议的精彩一幕，我不禁拍响巴掌。

主持人的画外音说："这就是南极企鹅的智慧，原来它的沉潜是为了蓄势，没想到吧，这看似笨拙的方法，却富有成效。"

企鹅的智慧启示我们：沉潜是为了向更高处进发，没有沉下去的过

程，就不会有浮上来的惊喜；没有沉潜的积蓄，就没有爆发的力量。胜利需要我们潜心蓄势和静心沉淀。

借力上青云

中央电视台《动物世界》栏目曾播出过一期"聪明的乌鸦"的节目。其中乌鸦吃坚果的镜头给我留下了深刻的印象。乌鸦先叼起坚果到高高的树顶，再将坚果摔下去，可是坚果太硬，大多摔不开。失败并未难倒乌鸦，只见它们又叼起坚果飞到马路旁边的电线杆子上，再次将坚果摔下去，等待过往的车轮碾碎坚果。等车过去后，乌鸦迅速落地，津津有味地品尝美食。乌鸦可谓高明至极。

其实，更高明的还是人类。曾在一本书上看到过这样一则故事。奥地利有个名叫图德拉的工程师，他一无关系，二无资金，居然想拥有一艘油轮做石油生意，而且居然心想事成，生意成功，他是怎样做的呢？

当时，图德拉了解到阿根廷牛肉生产过剩，但石油制品比较紧缺，他就来到阿根廷，同有关贸易公司洽谈业务。"我愿意购买2000万美元的牛肉。"图德拉说，"条件是，你们向我购进2000万美元的丁烷。"因为图德拉知道阿根廷正需要2000万美元的丁烷。因此正是投其所好，双方的买卖很顺利地确定了下来。

接着，图德拉又来到西班牙，对一个造船厂提出条件说："我愿意向贵厂订购一艘2000万美元的超级油轮。"那家造船厂正为没有人订货而发愁，当然非常欢迎。图德拉又话头一转，"条件是，你们购买我2000万美元的阿根廷牛肉。"牛肉是西班牙居民的日常消费品，况且阿根廷正是世界各地牛肉的主要供应基地，造船厂何乐而不为呢？于是双方签订了一项买卖意向书。

然后，图德拉又到中东地区找到一家石油公司提出条件说："我愿购买2000万美元的丁烷。"石油公司见有大笔生意可做，当然非常愿意。图德拉又话锋一转，"条件是你们的石油必须包租我在西班牙建造的超级油轮运输。"在产地，石油价格是比较低廉的，贵就贵在运输费上，难也就难在找不到运输工具，所以石油公司也满口答应，彼此又签订了一份意向书。

由于图德拉的周旋，阿根廷、西班牙和中东国家都取得了自己需要的东西，又出售了自己亟待销售的产品，图德拉也从中获取了巨额利润。细细算起来，这项利润实质上是以运输费顶替了油轮的造价。三笔生意全部完成后，这艘油轮就归他所有了。有了油轮就可以大做石油生意，图德拉终于梦想成真了。

好风凭借力，送你上青云。乌鸦和图德拉"借力"的智慧启示我们：在现实生活中，我们个人的能力都是非常有限，甚至微不足道的。要想在事业上干出一番成就，就应该学会借力，只要我们敢借、会借、善借，就一定能"借"出一片新天地。

卡斯尔的智慧

英国大英图书馆，是世界上著名的图书馆之一，里面的藏书非常丰富。1973年图书馆要搬家，从伦敦的旧馆搬到圣潘克拉斯新馆去。当时图书馆拥有藏书1300多万册，图书馆负责人一预算，仅搬运图书的运费就得

600多万元。而图书馆刚刚建成，负有一大笔债务，根本没有这么多钱用来搬运图书。怎么办？图书馆领导层为此召开专题会议，请大家出主意想办法。有的说找银行贷款，有的说找富商赞助，有的说请政府出面请义务工……但最终都被一一否定。其后又接连召开了几次会议，都没有研究出一个可行性方案。

有一天，一个名叫卡斯尔的图书管理员，找到馆长说出了自己的建议，馆长听后眉开眼笑，拍手叫好，并立即付诸行动。结果在两个月后，图书馆不花一分钱的运费就将所有的图书全部运到了新馆。

这得益于卡斯尔的金点子。卡斯尔建议图书馆在媒体上发布了这样一则广告："从即日开始，每位市民可以免费从大英图书馆旧馆借20本图书，借阅期限两个月，两个月后请到新馆归还图书。"结果，许多市民蜂拥而至，不到10天，就把图书馆的所有藏书全部借光了。两个月后读者纷纷到新馆归还图书来了。就这样，图书馆借用读者的力量搬了一次家。

好风凭借力，送你上青云。这里卡斯尔让思维来了一个大转弯，成功地运用了借力而行的智慧，由读者"借书"，想到读者"搬书"，借读者之力，轻轻松松地化解了难题，实现了读者和图书馆的共赢。

卡斯尔的智慧对我们职场中人颇有启示：当我们遇到困难时，不妨让思维转个弯，思路决定出路，借好力、借足力，就能产生"四两拨千斤"的效果。

垫高自己的智慧

孟非高考落榜后，先是南下淘金，结果四处碰壁，一个多月后才谋到了一份搬运工的差事。之后为谋生计，孟非回到南京做了报社印刷小工，随后又做过送水工、保安，开过超市。后来，江苏电视台招工，孟非前去应聘，一下被聘用了。台里分配给他的工作是电视台群工部接待员，专门负责端茶倒水接电话。孟非开始还很有信心，做得很专心很努力，可是渐渐地懈怠了，当看到那些主持人风风光光地在电视上露面时，孟非感觉到自己太低人一等了，天天做伺候人的工作没有什么出息。

这天，孟非回家向父亲倾诉了自己的郁闷心情，并问父亲："我该怎么办？是继续做下去还是辞职不干？"父亲没有马上回答他的问题，而是把他带到书房，指着墙上的一只日光灯说："这只灯只有30瓦，不亮，我想请你帮我换一只60瓦的。"随后父亲拿来一只60瓦的灯管，递到了孟非手上。

孟非拿眼一瞧，灯管离地3米多高，够不着。孟非问父亲："家里有梯子没有？"父亲说："没有。"孟非说："这么高，我怎么换灯管？"父亲说："事情交给你做，怎么做就是你自己的事了。"

孟非看了一下房内，没有找到垫脚的东西，就来到客厅，看到客厅里有一个大木箱，那里面装的是父亲买回的一块镇宅的大石头。孟非使劲地把箱子搬到了书房。孟非站到箱子上，发现高度还是不够，手指勉强能够碰到灯管，但拆卸更换灯管还是不行。于是孟非又来到储藏室找来一个小板凳放在箱子上，这才正好可以换灯管了。孟非换上了60瓦的灯管，室内一下明亮了许多。

这时，一旁的父亲说话了，他问孟非："没有这两样垫脚的东西，你能换灯管吗？"

孟非摇了摇头说："高度不够，无法换。"

父亲看着孟非，意味深长地说："如果把墙上的灯比作是人生的目标的话，要想让灯变得更亮，我们可以先准备好一些垫脚的东西，虽然在准备这些垫脚的东西时要付出一些辛劳和汗水，但它可以帮助我们达到目标呀！"

孟非咀嚼着父亲的话，感觉心中一亮，他说："谢谢老爸，我知道该怎么做了！"

孟非回到电视台后，一边照样兢兢业业地做好本职工作，一边看书学习，充实自己。后来得到了台领导的赏识，调任电视台文艺部体育组担任摄像，开始了新闻工作生涯。随后担任记者、编导、制片人、主持人，直至主持《非诚勿扰》而名满天下，最后一举摘得第九届中国电视金鹰奖"最佳主持人"奖，成为中国百优电视节目主持人。

孟非的成功启示我们：在生活与工作中，当我们还不具备足够的高度时，不妨多为自己找几块垫脚的东西——知识与智慧，垫高自己，这样我们的人生之灯就会更加明亮和辉煌。

大胆走下去

前不久，腾讯主要创办人之一，现任腾讯公司控股董事会主席兼首席执行官马化腾，应邀到他的家乡广东省汕头市汕头大学演讲。在演讲的一个互动环节中，有位同学提了这样一个问题："我们都想自主创业，可是我们最怕的是走弯路，请问马主席，遇到弯路我们该怎么办？"

马化腾略加思索，在电脑上搜索出了一幅世界河流分布示意图，投影到身后的大屏幕上。马化腾转身指着大屏幕上的示意图对提问的同学说："请你看一看，然后说说这幅图上的河流有什么共同之处？"

提问的同学仔细观察了一会儿后，说："我发现了一点，这些河流没有一条是直线的，全部都是弯弯曲曲的。"

马化腾赞许地点了点头说："你说得很对。那么，我想再问你一个问题：河流为什么不走直路，而偏偏要走弯路呢？"

这位同学想了想，说："因为河流在前进的过程中，因地势的不同，会遇到各种各样的障碍，有些障碍它无法逾越，所以只有绕道而行，这样就自然走了弯路。"

马化腾对这位同学竖起了大拇指，说："你说得真是太中肯了。可见，河流走弯路并没有什么可怕，它反而理智而从容地避开了一道道障碍，所以最终它能抵达遥远的大海。你们说对吗？"

台下的同学异口同声地大声回答："对。"

马化腾微笑着扫视了一下全场，接着说："如果把我们的创业之路比作小河流向大海的过程，那么当我们在创业途中遇到挫折和坎坷的弯路时，同样也没有什么可怕的，千万不要灰心丧气，停滞不前，要怀着一颗平常心，把走弯路看成是一种常态，是前行的另一种形式，这样我们就可以像河流一样，抵达成功的目标。最后，我要告诉你们的是，遇到弯路怎么办？一句话：大胆走下去！"

台下响起了经久不息的掌声。

替对方着想的智慧

近日读书获知了下面三个故事。

蒋琬在任蜀国大司马的时候，下属中有个叫杨戏的人，特别傲慢，不受人待见。蒋琬上任初始，找属下官员谈话，但当他找到杨戏时，杨戏却一言不发，无论蒋琬怎么问，杨戏就是不说话，无奈之下，蒋琬只好打住。事后，有人对蒋琬说："杨戏此人一向傲慢，您和他谈话，他对您连

理都不理，这不是太过分了吗？"但蒋琬只是一笑了之，并没有追究杨戏的责任，也没给杨戏穿小鞋，以后对他还很信任，杨戏对交办的任务也认真去完成，从没出现过什么差错。多年以后，有人就此事向已经当了宰相的蒋琬请教："杨戏一向有傲慢的不好名声，而且您第一次和他谈话，他就对您不理不睬，为什么还信任他呢？"蒋琬说："正是因为他对我不理不睬，所以我才认定他是一个耿直之人，是可以信赖之人。杨戏当初对我有看法，这很正常。所以，当我找他谈话时，他如果不说出对我的看法，颂扬我做得对，这不合他为人的原则；如果他公开批评我做得不对，就把我的缺点暴露给天下人了。所以，他采取了不回答的态度，这恰恰是他的做人处世的技巧，证明他是一个爽直之人，所以我才信任他啊！我当时是站在他的角度考虑问题，才得出了正确的结论。"

法兰西第一帝国皇帝拿破仑有一年率军征战奥地利，士兵偷吃了一户人家的葡萄。拿破仑拿出钱赔偿给了葡萄园主，却没有查办偷吃葡萄的士兵。有人问拿破仑："你为什么不处罚那个偷吃了葡萄的士兵呢？"拿破仑回答说："长年累月的战争，士兵们吃了很多苦头，天气干燥又严重缺水，士兵看见诱人的葡萄能不流口水吗？士兵跟着我出生入死，他们的表现一直很优秀，如果拿一点小事去衡量一个人的功过对错，那就未免有些小题大做了。"后来那位士兵跟随拿破仑转战南北，勇敢战斗，冲锋在前，立下了赫赫战功。

有一年，华人首富李嘉诚接了美国商人约翰·史密特的一份塑料花的订货单，可就在他完成订货后，约翰·史密特却因在另一桩生意中受了骗，一时资金周转不灵，无法提货，就中途变卦不要货物了。按照合同规定，违约方必须做出巨额赔偿。可是，当约翰·史密特试探地问李嘉诚需要多少赔偿金时，李嘉诚却说："生意场上的事，变幻莫测，我理解你的难处，目前正是你企业生存艰难的时候，换了我可能也会这么做。虽然你不要了，但我这批产品还未受到损失，所以就不必赔偿了。生意不成情意在嘛!"约翰·史密特千恩万谢而去。不久,美国来了另一个商人,专找李嘉诚要买他的塑料花,一下子让他大赚了一笔。事成之后,李嘉诚问道:"先生为什么专门要我的产品?"对方回答:"我有一个生意上的朋友约翰·史密特,经常谈到你,说你这个人不错,待人仁厚,不斤斤计较,值得打交道,所以我就找上门来啦。"

　　能站在对方的角度考虑问题,这是一种难能可贵的品质。当与对方发生矛盾冲突时,替对方着想,找一个理由原谅人,这种境界不仅仅是宽广心胸的体现,也是一种处世智慧。

第二辑

思维体操

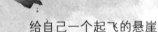
一棒打出的财富

比利时国家电视台财经频道曾推出了一档特别节目《独具慧眼》，每期请一名商界成功人士讲述他们掘得第一桶金的故事。第一期节目请到的是朝圣集团董事长范德维格。

范德维格讲述了下面这个故事。

1998年，范德维格大学毕业后，很长一段时间没有找到工作，本来很活泼开朗的他渐渐地变得郁郁寡欢，父亲看在眼里急在心里。父亲怕儿子闷出病来，提议让他先到处走走，散散心。范德维格是个穆斯林，于是他走出国门，向伊斯兰教第一圣地、坐落在沙特阿拉伯西部赛拉特山附近的麦加进发。

那天，范德维格住宿在离麦加还有30多公里的一个小镇上，看见很多阿拉伯人晚饭后都跪在地毯上向着圣地麦加朝拜，虔诚地进行祈祷。范德维格入乡随俗，也拿出随身携带的御寒地毯，跪在上面学着阿拉伯人的样子叩拜。就在他刚拜了两下时，突然感觉到屁股上一阵疼痛，回头一看，原来是一个穆斯林拿着一根棒子在打他。范德维格莫名其妙地挨了打，正想发火，只听那个打他的穆斯林说："你跪拜的方向反了。朝拜是神圣而庄严的，跪拜的方向不能有半点偏差，否则就是对真主的大不敬，就得挨打。"

范德维格这才恍然大悟。随后，他询问身边的一些跪拜者，问他们有没有过拜错了方向的时候，跪拜者都说，在熟悉的地方没有，可是到一个

陌生的地方就容易出错，因为各地的房屋建筑并非方向一致，横七竖八的都有，所以朝拜时如何对准圣地的方向，成了他们大伤脑筋的问题。

范德维格闻言突然感到眼前一亮，他寻思，如果设计一种能指示方向的地毯岂不就解决了这一难题？旅游回家后，范德维格把自己关在家中几天，终于设计出了一种专供朝拜使用的能指示方向的地毯。他巧妙地将一个扁平形的指南针缝制在地毯上，这个指南针实际上并非指南指北，但它能准确地指示出圣地麦加的方向，使用这种地毯，不管在什么地点的房屋，什么方位的场所，都能使穆斯林准确无误地选准方向，完成他们的宗教仪式。范德维格给他设计的地毯注册了一个商标——"朝圣牌"。随后，在父亲的帮助下，范德维格筹措资金开办了一家"朝圣牌"地毯制作公司。"朝圣牌"地毯一上市，果然成为抢手货供不应求。当年就收回了所有成本，还净赚了一大笔钱。几年后，范德维格扩大规模，在全国开设了很多分厂，并且成立了朝圣集团，制作销售劳保系列产品。范德维格一举成了比利时数一数二的大富豪。

范德维格的成功启示我们：生活中处处充满了商机，只要我们独具慧眼，用心用智慧去发现，就能找到一条属于自己的成功之路，就像范德维格一样，挨了一棒后，眼睛一亮，心中一动，发现了财富，走向了成功。

一句话点醒创业梦

1935年，默克乔治还是美国加利福尼亚州一家医院的清洁工，20年后他却已是身价过千万的大老板，引导默克乔治走上成功之路的，是我们日常生活中经常见到的一只小小的汤匙。

一天，默克乔治所在的医院来了一对怀抱着婴儿的年轻夫妇，婴儿哭闹不止，夫妇俩急得不知所措。值班医生经过检查，结合这对夫妇的主诉，很快得出了结论：孩子是喂食烫伤！这已是该医院本月来第10起相同病例，都是父母在给孩子喂流质时，没有掌握好食物的温度，往往以大人感到不烫嘴为衡量标准，没考虑到婴儿组织软嫩，大人试着正常的温度，婴儿可能就会觉得很烫，以致发生烫伤事故。

值班医生检查完婴儿的伤情后，安慰说："不太严重。及时治疗，一个星期就能康复。"

婴儿的母亲着急地说："那一个星期不能吃东西啦？"

值班医生说："暂时不能，只能靠打营养点滴给孩子输送营养了。"

这时婴儿的母亲直怪男人在喂孩子汤汁时，没把握好温度。男人很委屈地说："这也不能怪我啊，我喂之前用嘴试了温度的，感觉不烫后才喂给宝宝的。"

婴儿的母亲听了男人的话后，看着值班医生手中的体温表说："如果汤匙上安装一个温度计就好了。"

婴儿母亲的这句话，刚好被正在病房拖地的默克乔治听到了，默克乔治立即感到眼睛一亮，心中一动：我为什么不能制造出一个带温度计的汤匙呢？心动不如行动，默克乔治回家就着手试制出了世界上第一个温度计汤匙。

默克乔治很快申请了专利，并且筹措资金开办了一家专门生产温度计汤匙的工厂。产品投放市场后供不应求。至1955年，默克乔治已在全美开设了5家分厂，他由当初的一名清洁工成为了加利福尼亚州排行榜上的富翁。

总有人感叹机遇难寻，其实很多时候机遇就在身边，譬如婴儿母亲的一句话。其实生活中处处暗藏机遇，只是我们缺少发现它的眼睛和智慧。默克乔治的成功经验告诉我们：机遇偏爱独具慧眼、敢于创造的人。

有一种财富叫善良

1963年，意大利中部佛罗伦萨市有一个名叫贝利尼的著名收藏家，在临死之前立下遗嘱，拍卖他30多年来精心购买收藏的100多幅世界名画。贝利尼妻子早年去世，他与心爱的儿子相依为命，儿子聪明孝顺，正在大学读书。可是天有不测风云，这天，贝利尼和儿子一起去博物馆看画展，在返回的途中不幸遭遇车祸，儿子当场身亡，贝利尼身受重伤昏迷不醒，在医院抢救了三天后终于醒来，醒来后知道自己不行了，叫来律师立下了一份遗嘱，并委托律师拍卖他的所有藏品。第三天，贝利尼伤情恶化抢救无效离开了人世。

拍卖会定在10月28日这天举行。很多有钱人早就垂涎于贝利尼的那些藏品，知道里面还有达·芬奇的真迹，价值连城。他们早早来到了会场。

拍卖开始了。可是拍卖的第一件物品，不是什么世界名画，而是一幅人物肖像画，画上的人面带微笑神采奕奕，是一个帅气的小伙子。拍卖师说："第一件拍卖品，就是这幅贝利尼先生的儿子的画像，起价1000里拉。"

这时，场上议论纷纷，有人说："以为我们傻吧，这么个破玩意儿能值1000里拉吗？还是跳过吧。"马上有人附和着吼叫："我们今天来要的是名画，谁要这样一幅普通的肖像画呢，还是直接进入名画拍卖吧！"

拍卖师解释："不行，按贝利尼先生的遗嘱要求，先得拍卖完了这幅画像，才能进行下一个环节。"

现场稍稍安静了一些。拍卖继续进行，拍卖师又问："有人愿意出1000里拉吗？"没人答话。

拍卖师继续问："有人愿意出800里拉吗？"仍然没有人吭声。

拍卖师意味深长地扫视了现场一圈后又问："有人愿意出600里拉

吗？按遗嘱规定这是底价，再也不能降了。"现场鸦雀无声。

这时有人阴阳怪气地说："600里拉可以买一辆二手车呢，知道吗先生？估计白送也没人要，还600里拉呢。"

冷场片刻后，突然后排的角落里响起了一个声音："拍卖师，500里拉可以吗？我只有500里拉，是我的全部积蓄。"人们都转过头去，看到站起来的是一个中年人，有人马上认出他是这个拍卖场的保安派克斯。派克斯接着说："我见过贝利尼先生的儿子，我很喜欢这小伙子，记得去年他来这里时，还帮我驱赶过一群闹事的小青年呢。现在他不幸离开了人世，我想买这幅画，永远保存怀念他。500里拉可以吗？"

拍卖师把拍卖槌使劲敲下，说："可以。500里拉，成交！"

这时下面有人在小声嘀咕："真是一个傻帽。"

人们关心的是下面名画的拍卖，有人高声叫喊："现在可以进行下一个环节，拍卖藏品了吧！"

只听拍卖师说："感谢各位前来参加贝利尼先生藏品拍卖会！今天的拍卖会到此结束，各位请回吧！"现场骚动了，有人发出愤怒的吼声："逗我们玩是吧，名画还没有开始拍卖呢！"

这时一直在场见证的律师站了起来说："很抱歉，各位，拍卖会的确已经结束了。按照贝利尼先生的遗嘱，谁买了他儿子的画像，所有的藏品就无偿地赠送给谁。"

现场立即鸦雀无声，人们反应不一，有人低下了头，有人用羡慕的眼光望着刚才还是一无所有，现在已是坐拥千万的派克斯……

第二天，佛罗伦萨市《城市邮报》以《馅饼砸中派克斯》为题报道了这则新闻，结尾说了这样一句话："有一种财富叫爱心，有一种财富叫善良，在很多人抛却爱心与善良追求财富的时候，派克斯凭着爱心和善良接住了天上掉下来的馅饼，获得了财富，这是爱心与善良的回报。"

500美元盖大楼

在美国内布拉斯加州有一个名叫戴维斯的年轻人，成功地创造了一项空手套白狼的奇迹。戴维斯大学毕业后在一家商场打工，当他领到第一个月的工资500美元后，看着手里的钱，他突发奇想：我能不能凭这500美元建一座自己的商厦呢？戴维斯冥思苦想了几个晚上后，终于找到了一个切实可行的办法。

一年后，戴维斯的奇想变成了现实，一座占地1500平方米的现代化商厦，在内布拉斯加州中心拔地而起，商厦装修豪华，气派非凡。据业内人士测算，建起这座商厦至少得花1500万美元，任何人都不相信戴维斯仅用了500美元就建成了。美国著名的《商业日报》在报道这一新闻时，称此奇迹为当代的天方夜谭。

当人们纷纷猜测戴维斯运用了什么魔法时，《商业日报》的记者在采访了戴维斯后，揭开了其中的奥秘。

原来，戴维斯采取的是借鸡下蛋的变相集资的方法。戴维斯将商厦按不同的用途，分割成300多个单位，每个单位每年收租金5000美元，一次性收取10年的租金共5万元；然后，开出两个优惠条件：每年退还5000美元租金的10%；每个单位每月收取比市价低三分之二的管理费。

广告打出后，租赁单位纷纷而至，使这座还在图纸上的待建商厦，成为人们争相租赁的香饽饽。不到一个月的时间300多个单位便全部租出去，获得租金1500多万元，而戴维斯只在电视上花费了500美元的招租广告费。戴维斯一下成了美国大学生创业的楷模。

戴维斯的成功启示我们：成功的大门永远向具有智慧，善用智慧，敢想敢干的人敞开。没有我们做不到的，只有我们想不到的。

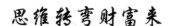

思维转弯财富来

　　1958年，日本松户市一家布匹公司生产了一批白色的丝绸，在租船运往英国销售的途中，突遭海上暴风雨的袭击，所幸的是，船没倾覆，但价值10万美元的丝绸被海水全部浸湿污染。污染了的丝绸肯定是销售不出去的，公司只好下令将其全部运回来。公司总裁察看了污损情况后，得出结论：这批丝绸已全部成了废品。为了维护公司形象，总裁决定全部当垃圾处理。接着令总裁头疼的是，日本的环保要求很严格，公司不能自行焚烧或弃置，如果让政府发现或遭人举报，环保部门将会处以重罚；如果交由环保部门处理，也必须支付一笔数额很大的垃圾处理费。

　　一天，总裁在一家酒店吃饭，席间总裁与朋友谈起了他的这一烦恼。当时酒店有个名叫松本木的服务生在上菜时，无意中听到了总裁的谈话。松本木突然感到眼睛一亮，他马上在心里自己问自己，污染了的丝绸为什么非得当垃圾扔掉呢？难道就没有其他用途？松本木的思维转开了，他很快有了主意。当总裁吃完饭后在大厅休息时，松本木找到了总裁，请求总裁把"垃圾"交给他处理。总裁疑惑地望着松本木，很显然总裁不相信就这么个小小的酒店服务生，能把自己的后顾之忧解除掉。

　　松本木很诚恳地说："请总裁放心，我一定会妥善处理。"总裁为了保险起见，同松本木签订了合同，总裁还很大度地说："我们负责把货物运到你指定的地点。"

　　就这样，松本木没花一分钱就拿到了这批"垃圾"。

　　松本木在银行贷款5万美元，成立了一家小型服装公司，他将这批污染了的丝绸，加工成了迷彩服出售。正如松本木所料，丝绸迷彩服一问世，就深受年轻人欢迎，不到半年的时间，松本木就将这批10万美元的"垃圾"变成了20多万美元的财富。后来松本木在服装行业越做越强，越

做越大，5年后创出了日本著名服装品牌艾斯克斯。

松本木的成功启示我们：当我们在职场上遇到困难和阻碍时，不妨让思维转个弯，也许会有意想不到的收获和成功，就像让阳光转个弯一样，可以照射到无法直接到达的角落，迎来"山重水复疑无路，柳暗花明又一村"的惊喜。

负担是成功之母

在我们人生的旅途中，到处都会看到负担的身影。家庭矛盾是负担，朋友摩擦是负担，同事误会是负担，失败是负担，困难是负担，贫穷是负担，生病是负担……总之一句话，凡是会扰乱我们正常的心绪，阻碍我们轻松前行的都可以称之为负担。

那么，我们该怎么看待负担呢？

我国著名生物学家童第周有一次在北京大学讲课时，曾讲到他观察蚂蚁驮稻草的情形。一只蚂蚁驮着比它身体大100多倍的稻草在地面上艰难爬行，当时童第周心里蹦出一个疑问：小小的蚂蚁怎么不惧负担，竟能搬动这么大的东西？童第周饶有兴趣地继续观察，想看看蚂蚁驮着这么个庞然大物想干什么。蚂蚁还在继续向前爬动，爬了1米多远后，路上有一条裂缝，裂缝太宽，蚂蚁爬不过去。正当童第周为蚂蚁着急的时候，惊奇的一幕出现了，只见蚂蚁把那根笨重的稻草横在裂缝上，然后爬到稻草上轻轻松松地跨过了这条"鸿沟"。之后，蚂蚁慢慢地把那根稻草从裂缝上拖走，继续驮着稻草赶路。童第周这才恍然大悟，原来聪明的蚂蚁，驮着的不是妨碍它行走的负担，而是能帮助它跨越"鸿沟"的桥梁。

有这样一则民间传说。三国时，曹操败走华容道，身边只剩下18个残兵败将。其中有一个是身背一口几十斤重的大铁锅的伙头军，在将士们死的死、伤的伤的情况下，他却安然无恙。原来，兵败之后，大家纷纷逃命。吴军从后面追来，为了跑得快，大家纷纷丢盔弃甲减轻负担，可是伙头军却舍不得这口跟随了他十多年的大铁锅，就背着它逃命。没想到铁锅却成了救命符，当吴军追近放箭时，很多同伴都被箭射中了，伙头军却因为背着铁锅逃过一劫；跑到河边，刘备的军队又杀来了，大家争相下河逃命，但河水异常湍急，身轻的人站不住脚，都被河水卷走了，伙头军因为背着沉重的铁锅，所以稳步涉水到了对岸。逃跑途中，稍作休息时，伙头军用铁锅烧河水煮马肉，让曹操和剩下的士兵吃饱了肚子，有了力气，终于摆脱追兵，脱离了险境。曹操重奖了伙头军。

由此可见，负担不一定是无用的累赘，它有时候会成为你的帮手，帮助你在困境里"柳暗花明"，从这种意义上来说，负担是成功之母。职场中人要学会正确看待负担，要学会卸下负担，更要学会变负担为成功的桥梁。

美女不敌通缉犯

墨尔斯经营着一家保险柜商店，地处繁华的纽约闹市区。墨尔斯保险柜商店，无论是环境、规模，还是产品的价格、质量，性价比都是同行业中极具竞争力的。为了吸引顾客，墨尔斯也想了很多办法。比如，在商店的橱窗里张贴性感美女的巨幅照片，店内的墙壁上也是一些诸如葛丽泰·嘉宝等大牌美女明星的生活照，店员也都是20多岁的青春靓丽的女

孩。可是，结果并不理想，前来购买保险柜的顾客仍然是寥寥无几，有的进店来转一圈，也只是眼睛盯着美女的照片看看后就离开了。

这究竟是什么原因呢？墨尔斯百思不得其解。一天，店里来了一对中年夫妻，这对夫妻在店里转了一圈后，男的在几台保险柜上摸了摸，女的在旁边小声嘀咕着什么，最后他们连价格也没问就向门口走去。墨尔斯很有礼貌地拦住了他们，真诚地询问他们为什么欲买又不买的原因。这对夫妇告诉他："盗贼毕竟很少，没必要买保险柜。"墨尔斯说："这可是说不准的事，要以防万一啊。"然而这对夫妇还是认为花一大笔钱"以防万一"似乎不值得。后来，墨尔斯还了解了一些顾客，发现他们的想法大同小异，都是对防盗的重要性认识不足，缺乏一种购买保险柜的紧迫感，并存在某种侥幸心理：罪犯离我很遥远，偷不到我家头上的。

墨尔斯很郁闷，随手拿起柜台上一张当日的《纽约时报》看了起来。突然，报上头条一个巨大的通栏标题吸引了他的眼球：《我市布碌伦大街又发生一起入室盗窃案》，旁边还有一幅犯罪嫌疑人的照片。墨尔斯突然感觉到灵光一闪，眼前一亮，他找到营销的办法了。

墨尔斯马上驾车去了警察局，对公安局长说："我是一名保险柜销售商，听说我市近来发生的几起重大盗窃案至今未破获，我想把盗窃犯的照片张贴在我的商店橱窗里，让更多人看到，协助警方破案。"

公安局长正想在全市撒网收集线索，闻言大喜，立即将通缉犯中盗窃犯的照片和资料提供给了墨尔斯。

第二天，墨尔斯就将美女照片撤下，换上了这些盗窃犯的照片，旁边还附上醒目的文字，描述了盗窃犯高超的盗窃技术和经过。这一招果然产生了奇效。墨尔斯的商店门前，每天都有成百上千的行人来橱窗前和店内驻足观看，很多人从照片和文字中了解到骇人听闻的盗窃案件后，防患于未然之心顿生，立即进商店购买了保险柜。随之而来的是一系列良好的连锁反应：市民们在看到橱窗里盗窃犯的照片后，纷纷将有关情况向警察局举报，几起盗窃大案陆续告破；警方公开表彰了墨尔斯的功绩；墨尔斯又把警察局颁发的奖状和《纽约时报》对他的报道，全部贴在橱窗里，这又为他推销保险柜做了不花钱的最好的广告。从此，墨尔斯的商店顾客盈门，生意兴隆。

《纽约时报》在报道墨尔斯这一"借船出海"的成功营销案例时，戏称"美女不敌通缉犯"。

只因多问了个为什么

你知道世界上第一件雨衣是怎样诞生的吗？

1823年，苏格兰有两位橡胶工人，一个叫麦金托什，一个叫列扶丹尼。一天，他俩在一起工作时，不小心碰翻了墙上的半桶橡胶汁，橡胶汁淋到了麦金托什的左肩和列扶丹尼的右肩上。这两位工人家里都比较贫困，很珍惜自己的衣服，他们当时就用手去抹肩上的橡胶汁，试图将其除去，可是，越抹橡胶汁越向旁边延展，覆盖的面积越大，而且粘得越牢实，根本不可能清除干净。他们只好放弃徒劳的努力，穿着被污的衣服下班回家。

路上突然下起了小雨，他们就这样冒雨步行了半个多小时回到家中。

列扶丹尼回家后，脱下淋湿的衣服扔在墙角，换上一件干衣，还在骂那半桶该死的橡胶汁。

麦金托什回家后脱下衣服时，惊奇地发现虽然身上被淋湿了，但左肩竟然没有一点儿湿处。麦金托什奇怪了，自言自语地嘀咕了一句："这是为什么呢？"然后他拿起那件被橡胶汁污染了的湿衣服察看，自

言自语了一句："难道是涂了橡胶汁后衣服就不透水吗？"麦金托什突然感觉眼前一亮：假如我用橡胶汁将整件衣服涂抹一遍，岂不是可以用来挡雨吗？

下午上班后，列扶丹尼仍在懊悔损坏了一件衣服，而麦金托什却在思考：假如我就用这种方法加工一批能挡雨的衣服，会不会有人要呢？当天晚上，麦金托什就付诸行动，制作出了世界上第一件雨衣。其后，麦金托什筹借资金，开办了一家专门制作雨衣的工厂。雨衣果然销路很畅，不到5年，麦金托什已经成为了当地首富。而列扶丹尼仍在那家橡胶厂打工。

总有人感叹机遇难寻，其实很多时候机遇就在我们身边，只是我们缺乏慧眼与其擦肩而过。如果说那半桶橡胶汁就是天上掉下来的机遇的话，麦金托什就及时抓住了机遇，凭着细心的观察，多问了一个为什么，让聪明才智发挥出来，选准了自己的创业之路，从而走向了成功。

400-200=800

"黑便士"是世界上最早的邮票，1840年诞生于英国。当时，英国邮政机构决定于当年5月6日正式对外发售，可是由于一些环节上的失误，导致号令不一致，伯明翰、曼彻斯特、布里斯托等城市，竟于5月2日提前上市。提前发售的邮票数量不多，流传后世的更加稀少，据说全世界只发现了两枚，于是这两枚"黑便士"便被收藏界视为珍宝。在其后漫长的时间里，没有人知道它们的下落。直到1944年，这两枚销声匿迹100多年的

"黑便士"才被人发现在美国宾夕法尼亚州一位乡村教师的手上。

这位教师由于妻子身患重病，无钱医治，才决定拍卖这两枚"黑便士"，筹款为妻子治病。拍卖"黑便士"的消息，通过报纸的宣传，很快家喻户晓。那些实力雄厚的收藏家，都想不惜一切代价据为己有。竞拍底价10万美元，不到一根烟的工夫，就如同温度计插在开水里，价格急剧攀升到了100万美元。在有人5万一次地加码的时候，拍卖大厅的角落里有人高声喊出了一句："我出400万。"

刚才还闹哄哄的大厅霎时像被施了魔法似的，静得连一根针掉在地上都能听见。在大家用目光寻找说话人时，西边的角落里站起来一个其貌不扬的中年男人。中年人名叫布洛姆菲尔德，是一名集邮投资商。拍卖师在履行他的职责："400万一次，400万两次，400万三次。"然而，大厅里再也没有人出声。拍卖师重重地落下了拍卖槌，朗声宣布："成交。两枚'黑便士'归这位尊敬的先生了。"

布洛姆菲尔德开好了支票，接过了邮票。人们把羡慕的眼光紧紧地盯在他身上，看着他的一举一动。大家满以为他会小心翼翼地收起邮票，可是出乎意料的是，布洛姆菲尔德掏出火柴盒，抽出一根火柴划着了，然后毫不犹豫地烧掉了其中的一枚"黑便士"，随即站在椅子上环视了一周，举着剩下的那一枚"黑便士"说："从现在起，'黑便士'绝世无双，只有这一枚了。"

两个月后，布洛姆菲尔德也举行了一个拍卖会，这仅存的一枚"黑便士"被纽约的一名富商，以800万美元买走了。布洛姆菲尔德不费吹灰之力净赚400万美元，一时舆论大哗，布洛姆菲尔德一下成了传奇人物。

《华盛顿邮报》在报道这次采访经过时，在"编者按"中说了这样一段耐人寻味的话："人们都喜欢做加法，却不知人生在有些事情上要学会做做减法，比如布洛姆菲尔德这次拍得了两枚'黑便士'后，就做了一个减法。很多人认为他是个傻子，一根火柴烧掉了200万。其实，他的做法

是一种智慧，最终的结局就是最好的诠释：400减200不是等于200，而是等于800。"

只留三分之一

美国新罕布什尔州一个名叫罗德里格斯的年轻人，从他父亲手里继承了一块地皮，这是一块不能种植农作物的山坡地，距离新罕布什尔州40英里。这块地在罗德里格斯的父亲手上一直荒废着。父亲去世后，罗德里格斯接管了这块几乎没有任何回报的土地。有朋友劝他说："与其让这大片土地荒着，不如卖掉它。"

罗德里格斯也正有此意。随后他与几个买主谈过，可是买主都很精明，他们知道这块兔不拉屎的荒地没什么商业价值，所以给出的价格一个比一个低，令罗德里格斯不能接受。

罗德里格斯站在这块地皮的最高处，转着圈环视这片土地，思索着如果不卖土地，自己留着使用能干点什么。在一包雪茄抽了一半的时候，罗德里格斯突然灵机一动，一个令他兴奋不已的金点子涌上了心头。

心动不如行动。罗德里格斯马上按他的设想实施。罗德里格斯驱车来到了新罕布什尔州政府，找到州长说："我从父亲手里继承了一块地皮，现在我愿意无偿捐献给州政府。"州长高兴地紧紧握着罗德里格斯的手，连连说着感谢的话。州长问："罗德里格斯先生无偿捐献土地，有没有什么条件？"

罗德里格斯说："我只有一个要求。我是一个信奉教育救国论的人，我愿意为我们州的教育事业的发展做点贡献。我的要求是，这块地皮政府不能在上面做其他的事，只能建一所大学。"

州长前不久还在为本州大学太少而伤脑筋，现在这么好的机会送上门来，焉有拒绝之理。州长窃喜不已，当即就和罗德里格斯签订了协议。一年后，一所颇具规模的大学就在这块不毛之地上拔地而起。

读者朋友如果以为罗德里格斯除了获得一个好名声外，得不到任何好处，那就大错特错了。罗德里格斯的精明之处是，他只把地皮的三分之二捐给了政府，自己留下了三分之一。

聪明的罗德里格斯就在留下的那三分之一的土地上，修建了学生公寓、餐厅、商场、酒吧、影剧院等等，形成了大学门前的商业一条街。不到三年，罗德里格斯就把地皮的损失，从商业街的盈利中赚了回来。

天才与常人的区别也许就在于一双眼睛和一颗心。对于一些事物，有些人只能看到表面，想到当前，而有些人却能看到内涵，想到以后。擦亮你的眼睛，敞开你的心灵，去迎接生命中的每一个机会，相信你一定会迎来成功的曙光。

把玻璃碴儿变成钻石

伊朗有一座历史悠久的古建筑：德黑兰皇宫。德黑兰皇宫始建于1788年，外观朴实无华，给人以厚重的历史沧桑感。1920年，伊朗政府决定维修德黑兰皇宫，由德黑兰大学建筑学院教授特林卡尔任总设计师。为了让这座闻名世界的建筑也与时俱进地融合一点儿现代气息，为了让古朴的灰色变得明亮起来，特林卡尔教授决定，撤换建筑外墙体的防腐木板，改为镶嵌一面面硕大的镜子。

　　当时伊朗还没有生产这种高档玻璃镜子的技术，所有的玻璃得由德国进口，造价昂贵。负责镜子安装的是两名工人：扎尔加尔和巴列维尔。

　　扎尔加尔和巴列维尔小心翼翼地指挥着工人安装，可是在吊装第一块镜子的过程中，发生了意外，一边的绳子被玻璃边割断了，镜子一下掉到地上摔碎了。按照施工前签订的合同规定，得由扎尔加尔和巴列维尔负责赔偿。巴列维尔想，如果要赔偿镜子，我这一年就白干了，恐惧之下，巴列维尔在扎尔加尔还在看着地上的碎玻璃出神的空当儿，悄悄回到宿舍卷起铺盖卷逃跑了。于是，所有的责任都落在了扎尔加尔一个人身上。

　　扎尔加尔正在担心怎么向特林卡尔教授交代，他捡起碎片拿在手里反复察看着，然后又将碎片扔在了地上，他急得围着碎片团团地转起圈来。扎尔加尔家里的生活也很艰难，儿子和女儿都在读大学，正是需要用钱的时候，当听人报告说，巴列维尔逃走了后，他心念一动，也产生了要逃走的念头。可是，做人要敢于担当的准则又促使他留了下来，他决定将全部责任承担下来。当扎尔加尔再次围着那一片碎玻璃碴儿转圈的时候，阳光照在碎玻璃碴儿上放出耀眼的光，给人的感觉那不是碎玻璃碴儿，那简直就像是钻石发出的夺目的光芒。扎尔加尔突然感觉到脑海中灵光一闪，一个念头涌上心头：外墙能不能不安装镜子，就改为镶嵌这些玻璃碴儿，同样炫目美观时尚，还可大大降低成本。

　　扎尔加尔找到特林卡尔教授，先检讨了自己的失误，表示愿意承担损失接受处理，然后向特林卡尔教授建议，能不能将外墙面的镜子改为玻璃碴儿。特林卡尔教授正为政府给予的维修资金有限而烦恼，一听扎尔加尔的建议，也感到眼前一亮。随后，特林卡尔教授经过两天的实地考察论证，大胆决定采纳扎尔加尔的建议，用玻璃碴儿替换镜子。于是，将其他镜子退回了德国，就用本国生产的普通玻璃敲碎代替，一下节约了一大笔资金。

　　更惊喜的地方还在后面呢，当那一片片玻璃碴儿镶嵌完毕后，在阳光下，皇宫外墙，金碧辉煌，豪华大气，看上去就像由一颗颗璀璨夺目的钻石镶嵌而成。后来，特林卡尔教授没有追究扎尔加尔当初的失误，反而给了他一大笔奖金。如今，只要来德黑兰皇宫游览的人没有不竖起大拇指称赞的，大家都惊叹扎尔加尔的创意，竟然让支离破碎的镜片成为了完美无瑕的艺术品，使这座古建筑青春焕发，成了皇宫里最美丽的一道风景线。

后来，开始有人模仿德黑兰皇宫的装修风格，扎尔加尔从中看到了商机，于是他辞职了，筹措资金开办了一家专门生产小玻璃瓷砖的工厂，后来拓展到生产一系列彩色马赛克瓷砖。几年后扎尔加尔的企业做大做强，在伊朗开设了多家分厂。扎尔加尔一举成为了伊朗屈指可数的富翁。而那个当初逃跑了的巴列维尔还在另一个城市靠打工勉强糊口。

扎尔加尔的经历启示我们：人要敢于担当，要不怕挫折和失败。有时挫折和失败中就蕴含着成功的机遇，就像那打碎的玻璃碴儿，拿出你的慧眼，它就会变成钻石。

选择最佳的失败方式

2014年5月，83岁的全球著名投资商巴菲特，做客哥伦比亚广播公司旗下的CBS电视台《财富》节目，主持人请他就"失败与应对"这一话题谈谈看法。

巴菲特先讲了这样一个故事。

在美国缅因州，有一个伐木工人叫巴尼·罗伯格。一天，他正在砍伐的大树突然倒下，他的右腿被沉重的树干死死压住，血流不止。面对自己伐木生涯中从未遇到过的失败和灾难，他的第一个反应就是："我该怎么

办？"此时此刻，他面临一个严酷的现实：周围几十里没有村庄和居民；10小时以内不会有人来救他；不久之后，他会因为流血过多而死亡。他不能等待，必须自己救自己。他用尽全身力气抽腿，可怎么也抽不出来。他摸到身边的斧子，开始砍树。但因为用力过猛，才砍了三四下，斧柄就断了。他向四周望了望，发现在不远的地方，放着他的电锯。他用断斧柄把电锯弄到手，想把压着腿的树干锯掉。可是，他发现树干是倾斜的，一旦拉动锯子，树干就会把锯条死死夹住。正当他几乎绝望的时候，他忽然冒出一个大胆的决定：把自己被压住的腿锯掉！他当机立断，毅然锯断了自己的腿，然后撕下上衣包扎止血。他忍着巨痛爬出无人区，成功地拯救了自己的生命。

最后巴菲特说："如果把罗伯格遭遇大树压腿看成是失败降临的话，那么，罗伯格的应对方法是变大失败为小失败，果断地锯掉腿挽救了自己的生命，他在失败中寻找到了成功。当失败不可避免时，很多人常常怨天尤人、自暴自弃。其实，换一种思维来看失败，失败就不称其为失败了。即使是失败，我们也要保持乐观的情绪，积极的心态，尽最大努力，设法让失败改道，变大失败为小失败，把失败造成的影响降到最低点。"

巴菲特的话对我们职场不无启示：职场中，如果失败不可避免地降临到我们头上时，要迅速调整好心态，去选择最佳的失败方式。

失败是一面镜子

詹森·斯维斯彭是美国一位财富神话的创造者，被美国媒体称为"流星富翁之王"。

1998年，詹森·斯维斯彭在一位好朋友的父亲的资助下，开设了一个名叫"心想事成"的网站，在不到5个月的时间里，他的网站的访问量迅速攀升到1000万次。当年他在网站上的收益已高达上亿美元。当时美国各大媒体预言，詹森·斯维斯彭一定能成为类似于比尔·盖茨那样的影响全球的人物。詹森·斯维斯彭也趁热打铁，注册了一家投资公司，美国许多金融机构主动向他提供贷款，给予巨大的财力支持，他的公司很快上市。他的财富累积量像滚雪球一样越滚越大，不到两年时间已扩增到26亿美元。他从一个穷学生一举跻身于让人仰望的富人行列。这年他才19岁。

巨大的成功给詹森·斯维斯彭带来了无比的荣耀，美国著名的《财富》期刊在封面上登了他英俊潇洒的照片。他成了美女、媒体追逐的对象，他和世界级的超级模特约会，和大量的媒体接触，享受着鲜花和掌声。詹森·斯维斯彭居安不思危，生活极尽奢华，仅仅一年的时间，他就花去了3.24亿美元。他的自信心极度膨胀，面对媒体扬言："我有非凡的能力，没有我办不到的事情。"

然而，令詹森·斯维斯彭始料不及的是，不久，美国股市风云突变，他的公司股票从原来的每股168美元狂跌到2美元，公司被迫宣布破产。他变成了一个身无分文的普通人。那些曾经和他热恋的模特和像苍蝇一样追逐他的媒体全都不见了。

詹森·斯维斯彭不甘心这种结果，他在四处筹款准备东山再起，可是他发现，原来借钱竟然如此困难。没有哪一家公司和金融机构愿意借钱给他，这让他觉得不可思议。最后，还是从他的叔叔那里借到了钱，又注册了一个网站，但其后十多年风光不再，勉强维生。

詹森·斯维斯彭在接受记者采访时，记者请他谈谈失败后的感悟。詹森·斯维斯彭面对镜头，说了这样一段颇有哲理的话："别指望金钱认识你，金钱只认得金钱，它不会认得人。我失败的原因就是，我总认为金钱

是认得我的。其实，人与人之间的关系是处在不断地变化之中的，别人对你的态度会随着你自身的条件改变而改变，不论什么时候，都要对自己有正确的认识。"

詹森·斯维斯彭的话启示我们：在激烈的市场竞争中，正确把握自己，正确认识自己，是更好地发展自己的重要前提之一。

阿帝卡利的华丽转身

阿帝卡利是斯里兰卡一家造纸作坊的运料工，他每天的工作很简单很忙碌也很辛苦，就是开着车把库房里的草秸、麦秆等原材料运到车间。1997年，斯里兰卡一场干旱，让农作物歉收，直接影响到造纸的原材料短缺，造纸作坊由于原材料供应不上，被迫停工了。

阿帝卡利没事做就到处逛逛。在他家不远处有一家"大象孤儿院"，斯里兰卡是一个大象很多的国家，全国共有大象近1万头。"大象孤儿院"主要收容与象群走失的大象，当时已收容了200多头。阿帝卡利在与院长聊天中得知，院长正为每天堆积如山的象粪苦恼不已，为了处理这些象粪，"大象孤儿院"得为此支付一大笔开支。当院长得知阿帝卡利所在的造纸作坊因原材料供应不上而停产时，院长开玩笑地说："大象吃的东西与你们造纸的原材料差不多，为什么不把大象的粪便作原材料试试？"

说者无心听者有意。阿帝卡利突然感到眼前一亮，脑中灵光一闪：是啊，为什么不把大象的粪便作原材料试试？

第二天，阿帝卡利背了一筐象粪回到作坊，叫来平时关系较好的几个工人加工起来。经过过滤清洗、粉碎打浆、筛浆脱水、压榨烘干以及压光等制作程序后，一张张光亮的象粪纸奇迹般地出现了。阿帝卡利有了自己的打算：开一家造纸作坊。这时恰逢这家老板想转让造纸作坊，阿帝卡利毫不犹豫地东挪西借筹集资金买了下来。

阿帝卡利与"大象孤儿院"院长签订了协议："大象孤儿院"的象粪全部交阿帝卡利处理。这是一个双赢的好事，院长不再为处理象粪掏钱，阿帝卡利不花一分钱得到了造纸原材料。挖到了第一桶金后，阿帝卡利迅速扩大规模，新建厂房，招聘员工，注册成立了一家"马克西莫斯纸业公司"。不到10年的时间，阿帝卡利已名列当地富豪之首，他所生产的象粪纸成为了斯里兰卡人引以为傲的国宝。2006年，在荷兰举办的"世界挑战"大赛中，象粪纸以其人与自然和谐共处、有效利用和保护野生动物资源的超人创意而一举夺得金奖。

原本成为负担的令人讨厌的象粪，却帮阿帝卡利实现了从贫穷的打工仔到富甲一方的老板的华丽转身，这向人们证实，机遇就在我们身边，只要你独具慧眼，肯动脑筋，抓住机遇，变心动为行动，就有成功的希望。记住：任何时候机遇都属于有准备的人，成功属于肯尝试的人。

赚钱其实很容易

居住在巴塞罗那市的冈沙雷穆，经营着一家电器公司，由于竞争激烈，冈沙雷穆的生意一直处于低谷。冈沙雷穆尝试了好几种促销方法，也没见多大起色，生意总是半死不活地勉强能维持下去。1992年西班牙举办第25届奥运会，冈沙雷穆敏锐地感觉到，这是一个巨大的机遇。

在各商家都在借奥运之机，八仙过海各显神通时，冈沙雷穆很快也有了自己的行动方案。冈沙雷穆在奥运会召开前夕，通过电视广告，向巴塞罗那全体市民宣称："如果西班牙运动员在本届奥运会上夺得的金牌总数超过10枚，那么在6月4日到7月24日50天内，凡在本公司购买电器的顾客，奥运会结束后凭发票可得到全额退款。"

消息一出，立即轰动了整个巴塞罗那市，随后西班牙全国都知道了这件事。于是，巴塞罗那市和外地的人们，争先恐后地到冈沙雷穆电器公司购买电器。每天顾客盈门。冈沙雷穆电器公司的营业额像温度计插在开水里一样直线上升。更令人意想不到的是，在距7月24日还有20天的时候，西班牙运动员就已经获得了10金1银，其后20天人们比以前更加踊跃地往冈沙雷穆电器公司抢购电器。

西班牙媒体也把关注的目光投向了冈沙雷穆，各大媒体跟踪报道。50天后冈沙雷穆坚决信守诺言，连后20天购买的电器也全额退款。冈沙雷穆共退款580万美元。

西班牙人都说，冈沙雷穆这回可惨了，除了破产跳楼没路可走。然而，冈沙雷穆却通过媒体宣布：净赚180万。

就在人们认为这简直是天方夜谭时，媒体的报道揭开了谜底。原来冈沙雷穆在发布广告之前，先去保险公司投了专项保险。保险公司的体育专家仔细研究推敲分析，得出的结论是西班牙本次奥运会金牌总数绝对不可能超过10枚。于是保险公司接受了这笔保单。

大家这才明白，冈沙雷穆做了一笔旱涝保收、只赚不赔的生意。很显然，如果西班牙运动员在本届奥运会上，得到的金牌总数不超过10枚，那么冈沙雷穆无疑发了一笔大财，保险公司也无须赔偿；反之，如果得到的金牌总数超过了10枚，那么按保险条款规定，所退货款将全部由保险公司赔偿。

职场处处有竞争，职场处处也充满机遇，我们要充分运用自己的智慧，去发现机遇，抓住机遇，就能走出一条属于自己的成功之路。

抢劫即将发生

一个刚刚走出大学校门的青年凯西翰，成功营销番茄饮料，赢得100万奖金，被人们传为佳话。

1992年，英国皮克斯尔公司开发研制生产出了一种具有保健功能的番茄饮料，可是上市后遭到冷遇，不为消费者所接受。虽然公司斥巨资在媒体上大做广告，但收效甚微，半年多了还没有打开销售局面。因为此前英国已经有多家饮料公司打的是功能饮料的旗号。怎样才能在激烈的市场竞争中脱颖而出呢？公司高层经过研究决定向社会巨奖征集营销方案：谁献计献策让番茄饮料一炮走红，公司奖励给谁100万英镑。

凯西翰大学时学的就是营销专业，他对营销很感兴趣，经过几天几夜思考，凯西翰设计了一个别具一格的营销方案。

凯西翰从报上的新闻中得知，英国南部遭遇了30多年不遇的干旱，很多乡镇面临缺水危机，虽然政府紧急调水，但还是供不应求。凯西翰亲自驾驶一辆载满番茄饮料的货车，向干旱地区驶去。在一个缺水相当严重的小镇上，凯西翰停下了车子。这时有人围了上来询问车上拉的是什么货物，凯西翰告诉他们是一车过期饮料。一听说是饮料，那些围观的人马上掏钱要购买。凯西翰说："对不起各位了！我们皮克斯尔公司有严格的规定，为了替消费者的健康负责，无论在什么情况下，都不允许销售过期饮料。谁要是胆敢把过期饮料卖给顾客，一律开除，绝不姑息。我今天要是把过期饮料卖给你们，我就会失去这份赖以养家糊口的工作！"

早已渴得嗓子冒烟的人们可管不了那么多，有人高喊："到底卖不卖？再要不卖我们就动手抢了！"正在僵持不下的时候，记者来了。其实记者是凯西翰提前报料引来的。记者问明了情况后，从中调解说：

"现在是特殊时候，你就破一回例吧。难道你就忍心让这么多人缺水遭罪吗？"

凯西翰仍然咬住公司的规定不松口，他说："我们皮克斯尔公司是最讲信誉的公司，我们宁可自己遭受损失，也不会做有损消费者的事。过期饮料岂能卖？"

围观的人群骚动起来，记者怕事态扩大，再一次请求凯西翰破例一回。凯西翰见时机成熟，这才说："我们皮克斯尔公司信誉至上，无论在什么时候、什么情况下都不会销售过期饮料的。但看在大家急需水源的情况下，我可以做主变通一下，把这一车番茄饮料送给大家。"

现场马上响起了一片欢呼声。在记者的见证下，这车饮料被围观的人群分走了。

第二天，报纸上、电视上，全都是关于皮克斯尔公司"宁可自己遭受损失，也不会做有损消费者的事"的报道。皮克斯尔公司一下子被人们认识和记住了，皮克斯尔公司的番茄饮料一下子成了英国人心目中最放心的最值得信赖的饮用品。随后，皮克斯尔公司的番茄饮料供不应求，销量逐年递增，很快跻身于名牌饮料的行列。

瘟疫送来的财富

美国默卡尔集团董事长菲利博·默卡尔，在他的自传中讲述了他如何捕捉商机,发财致富的故事。

1975年的一天，美国《华尔街日报》登载了一则消息：墨西哥发现了一种疑似瘟疫的病例。墨西哥是异国他乡，那里发生的事对美国影响不大。一般人看到这则消息不会引起重视，顶多摇头叹息同情一声倒霉的墨西哥人。然而，美国当时身为一家小型肉食加工公司的老板菲利博·默卡尔看到这则消息后却异常兴奋，高兴得从沙发上跳起来。他想，如果墨西哥真的发生瘟疫，一定会从加利福尼亚州或者得克萨斯州边境传染到美国来，而这两个州又是美国肉食供应的主要基地，到时候，肉食供应肯定会紧张，肉价一定会随之猛涨。这正是自己大做肉食生意的好机会。

为了证实报纸上消息的可靠性，默卡尔当天就派私人医生亨利亚赶往墨西哥实地考察。亨利亚历时一个星期，在墨西哥进行深入的了解，证实了那里果然发生了瘟疫，而且正在迅速蔓延，他立即把这个情况电告默卡尔。

默卡尔接到电报后，果断做出了决策：集中公司全部资金，投放所有人力，去加利福尼亚州和得克萨斯州，购买大量牛肉和生猪，并将之迅速运到美国东部，该加工的加工，该贮藏的贮藏，不到一个月的时间，默卡尔的公司掌握了足量的肉类食品。

正如默卡尔预料的那样，墨西哥的瘟疫很快蔓延到了美国西部边境的几个州。为了防止其进一步扩散，美国政府下令：严禁一切食品从这几个州外运。当然也包括可制作食品的活牛、生猪在内。于是，美国国内肉类奇缺，价格暴涨。默卡尔肉食加工公司由于事先已加工储备了大量肉食，有备无患，仅在8个月的时间内就净赚1500万美元。后来公司做大做强，默卡尔就成立了默卡尔集团，默卡尔集团也成了美国100强企业之一。

最后，默卡尔写了这样一段话："在我们的生活中，处处充满了商机，但商机就像天空的闪电稍纵即逝。因此，要抓住机会，心动之后要立即行动。我认为通向成功之路有三个基本条件：抓住机会，加快速度，正确决策。"

用善良和爱心抓住机遇

你知道汽车安全玻璃是谁发明的吗？它的发明者是法国化学家别涅迪克博士。

1903年，别涅迪克还是法国一家化学研究所的高级研究员。在一次实验中，别涅迪克不留心把一只玻璃烧瓶从实验柜上碰落到地上，在他弯腰准备打扫地上的玻璃碎片时，有了一个新发现：这只又薄又脆的玻璃烧瓶摔到地上后，竟没有溅出一个碎片，烧瓶内的溶液也没有漏出来。整个烧瓶原样未碎，只是在烧瓶壁上留下了蜘蛛网式的裂纹。

为什么这只烧瓶仅有几道裂痕而没有破碎呢？别涅迪克博士一时找不到答案，于是他就把这只烧瓶贴上标签，注明问题，保存起来。

两年后的一天，别涅迪克在报纸上看到一则消息，说是有一辆汽车因发生事故，车窗上的玻璃碎片把司机和一些乘客划伤了。报上还刊登了受伤司机的照片，司机被一块碎玻璃刺穿面部而进入口腔，样子极其痛苦。别涅迪克看后很同情司机的不幸遭遇，他心中善念一动，自言自语地说："如果能在所有的汽车上都安装碰不碎的玻璃，那司机和乘客不就能免遭受伤之苦了吗？"

别涅迪克想，我能不能研究出这样的玻璃呢？突然他感觉到眼前一亮，想起了两年前被他摔碎的那个贴上标签保存起来的烧瓶。他马上到实验室里找到了那个烧瓶，仔细研究它摔不碎的奥秘。他终于有了发现，这只烧瓶的内壁上有一层透明的薄膜，别涅迪克试着把薄膜撕下来，但薄膜牢牢地粘在烧瓶内壁，硬是弄不下来。这层薄膜是从什么地方来的呢？别涅迪克马上查看当初的记录，原来这只烧瓶曾装过硝酸纤维溶液，别涅迪克立刻意识到有可能是硝酸纤维溶液挥发后留下来的一层薄膜。于是，他立即配制硝酸纤维溶液进行实验，结果不出所料，瓶壁上留下了柔韧而透明的薄膜硝酸纤维素。

随后，别涅迪克试验在两块玻璃之间夹上一层透明的硝酸纤维薄膜，再把它们粘在一起，然后进行摔打实验，果然，玻璃只出现裂纹而不会四处飞溅玻璃碎片。于是，世界上第一块安全玻璃就这样被他发明出来了。别涅迪克博士也因为这个小小的发明，而荣获20世纪法国科学界突出贡献奖。

毫无疑问，是善良与爱心促使了别涅迪克的发明。我们常常慨叹没有机遇，有时机遇就在身边却抓不住。别涅迪克的成功告诉我们，抓住机遇的一个有效方法是拥有一颗善良的爱人之心。

滑倒在董事长面前

英国阿斯利康制药有限公司决定招聘一名中国区总裁。董事会很重视这一次招聘，特地成立了一个招聘小组。通过层层考试和筛选，最后，选定了柯石谛和卡里姆两人参加最后的角逐。

柯石谛和卡里姆都是中国通，两人都是剑桥大学的高材生，才干难分伯仲，都具有极其丰富的工作经验。名额只有一个，取谁舍谁呢？招聘小组一时无法定夺，最后经研究决定，交由董事长裁决。

董事长看了二人的资料和前面多次的应聘现场的视频，也感觉二人旗鼓相当，不好贸然取舍。董事长几经思索，想到了一个考查之法：撤掉进门处的一块地毯，露出地板砖，然后在上面撒上一把绿豆，这样他们二人

进门时必定会滑倒。

首先进来面试的是卡里姆。卡里姆一进门就四仰八叉地滑倒在地，手里的资料散落一地，他一下慌了神，董事长一喊他，他连地上的资料也没要就慌忙爬起来应答。董事长劈头问的第一个问题是："你觉得一进门就发生这样的事情会影响你的面试成绩吗？"卡里姆还没有从窘境中缓过神来，也不知该答"影响"还是"不影响"，愣了片刻后回答说："影响。"接着董事长问了几个比较专业的问题，卡里姆本来很熟悉，但在摔跤后的不良心境的影响下，却答错了几处。

轮到柯石谛了。柯石谛一进门就遭遇了与卡里姆一样的"招待"，同样四仰八叉地滑倒在地，手里的资料也散落一地。董事长喊他，他没慌张，爬起来对董事长一笑："不好意思，董事长，请稍等一下，待我把资料捡起来。"柯石谛从容不迫地将资料一一捡起来。在他捡完最后一份资料直起腰来时，董事长劈头问了与卡里姆相同的问题："你觉得一进门就发生这样的事情会影响你的面试成绩吗？"

柯石谛不慌不忙地回答："董事长，我是这样看待这个问题的，在我们人生的旅程中，时常会有意想不到的事情发生，而这些事情产生什么样的结果，很大程度上取决于我们以何种态度去面对，因为不同的态度，就会产生不同的结果。通常我都会以从容、积极、正面的态度去面对。只要尽了力，我就不太在乎结果是怎么样的。如果太患得患失，反而无法将真正的实力展现出来。更何况，有很多事情的结果，我无法操纵。就像今天这件事情，最终评判权操纵在董事长的手中，所以，会不会影响我面试的成绩，应该是要问董事长您。其实，这也是我想问的一个问题！"董事长随后问的一些问题，柯石谛都回答得很精彩。

第二天，柯石谛接到了录取通知单，正式出任阿斯利康制药有限公司中国区总裁。

有人问录取柯石谛的理由，董事长是这样说的："柯石谛是一跤摔进本公司的。他摔了一跤之后应对得当，展现出了他的危机处理能力，而开拓一个新的市场没有一点独立的危机处理能力，是难以胜任总裁一职的。"

名表是这样打造出来的

日本发行量最大的报纸《读卖新闻》，举行了一次"最具创意的广告"的评选活动，先是通过海选，选出了50个入围广告，然后通过报纸刊登选票投票，最后统计结果，得票最多的是"西铁城"防震手表的广告。

1956年4月，西铁城公司推出了日本首块带防震装置的手表。可是该款手表上市半年多还没有被消费者认识和接受，销售额一直上不去。因为当时有100多年历史的瑞士手表在日本占有很大的市场份额，其霸主地位一时很难动摇。怎样打破局面呢？西铁城公司高层几次专门召开"诸葛亮"会议查找原因，商讨对策。

原因倒是很快找出来了：宣传力度不大，导致很多消费者根本不知道新出了一款"西铁城"防震手表；即使知道，也没真正了解其性能到底如何。高管们就此情况提出了自己的建议。

销售部主管说："我们应该扩大宣传，多多占用电视台的黄金时间和报纸的广告版面，以铺天盖地之势，给人造成先声夺人的印象。"

市场部主管说："的确应该大做广告，不过宣传的效果很难近期奏效，况且，现在的广告过多过滥，公众对之已失去兴趣，我们还能

不能采取其他更好的办法呢？"生产部主管说："要公众眼见为实，最好的办法是搞破坏性实验，通过这种公开的实验，让大家了解我们'西铁城'防震手表的良好性能。"行政部主管说："我们还可以采取奖励性的措施，用我们的'西铁城'防震手表作奖品，把它迅速推向市场。"……最后，技术部经理提出的一个大胆方案被高层采纳。随后就开始实施。

几天后，日本各大新闻媒体发布了这样一则消息：11月5日上午10时，将有一架飞机在东京指定地点抛下1000只"西铁城"防震手表，谁拾到就归谁。"

这条消息产生了很大的轰动效应。那天，成群结队的人拥向指定地点。上午10时，一架直升机飞临人群的上空，盘旋片刻后，在百米高空向人群旁的空地上洒下一片"表雨"。期待已久的人们，狂奔上去捡表。捡到表的人在惊喜之余发现"西铁城"防震手表在空中丢下后，居然还在"得得"地走动，连外壳都未受半点损害，人们惊呼道："'西铁城'防震手表，真是名副其实，精良耐用啊！"随后，各大报刊报道了这一新闻，全国电视台又连续一个月播放了这次抛表的实况录像，"西铁城"防震手表很快深入人心，销量呈直线上升，一举跻身名表行列。

有时一个好的创意，会带来意想不到的收获。

坐着不动是永远也赚不到钱的

英国圣安德鲁斯大学为了激发即将毕业的大学生创业的信心与激

情，特地邀请英国银行巴克莱集团旗下巴克莱财富环球总裁托马斯·卡拉里斯到校演讲。学校给托马斯·卡拉里斯定下的演讲主题是：怎样才能赚到钱？

托马斯·卡拉里斯接受任务后一时非常为难，因为他事先了解到，像这种类型的演讲，学校每年都会举行一次，邀请的也都是社会上的财富名流，演讲的内容也大同小异，很多学生早就通过网上视频看了多遍。托马斯·卡拉里斯也在网上看过。

托马斯·卡拉里斯想：讲大道理，学生不想听甚至会厌烦，因为那整本整本的教科书上根本就不缺少这些内容；讲别人的励志故事或自己的亲身经历，也没有什么新意，往年的那些演讲者几乎都是这个演讲模式，如果自己也这样讲，学生们会认为他在"吃别人嚼过的馍"。

托马斯·卡拉里斯几经思索，决定来一次时间最短的演讲。

演讲这天，圣安德鲁斯大学1000个座位的多功能报告厅爆满。学生们翘首以待托马斯·卡拉里斯的精彩演讲，以期能从中吸取有用的东西，化为自己的创业动力。

在同学们热烈的掌声中，托马斯·卡拉里斯从容地走上了讲台。托马斯·卡拉里斯面带微笑地扫视了一圈，然后说："我今天的演讲只有3分钟，也许会让大家失望。"

同学们瞪大眼睛望着托马斯·卡拉里斯，他们不相信时下当红的财富名人托马斯·卡拉里斯只讲3分钟。就在同学们疑惑的目光的注视下，托马斯·卡拉里斯说："在我演讲之前，请同学们看看你的座椅的反面有什么东西？"同学们听他这样一说，纷纷站起来弯下腰在座椅反面寻找着，整个大厅一片嘈杂的座椅翻动的声音。结果，每个同学都在自己的座椅反面找到了用双面胶贴着的两英镑面值的纸币。

报告大厅里自觉地安静下来了。同学们不知道托马斯·卡拉里斯葫芦里卖的是什么药,眼光全都聚焦在他的身上。

托马斯·卡拉里斯依旧面带微笑地扫视了一遍全场后,说:"今天同学们找到的钱就归你们了,就算我请你们吃一桶冰淇淋的。同学们知道我为什么要这么做吗?"

有的同学回答"不知道",有的同学摇头耸肩,表示不知道。

这时,托马斯·卡拉里斯收住了微笑,改用严肃的表情,一字一顿地说:"我只不过想借此告诉大家一个最容易被忽视甚至忘却的道理:赚钱得起身,不能老坐着。心动不如行动,赶快行动起来吧!"

同学们感到眼前一亮,犹如一缕阳光穿透心灵,在报以热烈的掌声的同时,明白一个简单而深刻的道理:坐着不动是永远也赚不到钱的。

陈子昂的另类智慧

唐代著名诗人陈子昂不仅诗才出众,还是一个营销自己的高手呢。

陈子昂满腹诗书,可是他刚到京城的时候,也只是普通书生一个。每天他在长安街市上摆摊,向别人推荐自己的作品,可是没几个人理会他。那些达官贵人对这个毫不起眼的书生,一点儿兴趣也没有,根本没人看他的诗作。

一天,陈子昂看到街市上有个老人在卖琴。老人自称这是一口上好的古琴,因此卖价也相当高,吸引了不少围观者。因为当时音乐之风盛行,所以围观者中也不乏一些达官贵人。多数人都认为老人的琴开价太高,议论纷纷。

陈子昂突然来了宣传自己的灵感。他心生一计，排开众人走了过去，拿出身上所有银子又将衣服搭上，高价把琴买了下来，并且当众说："此琴乃是琴中极品，恰好小弟家传绝学，弹得一手好琴，配上这个古琴，正好可以弹出绝美的琴音。我三天后的这个时候，在此地施展绝学，供大家鉴赏，我保证我能弹出你们从来没有听过的天籁之音。"

陈子昂的话引起了围观者的极大兴趣，他们一传十、十传百，很快传遍了整个京城。第三天，很多有头有脸的达官贵人都前来听他的"天籁之音"，普通百姓更是围了一圈又一圈，可谓人山人海。陈子昂一看时机已到，于是抱起古琴，来到众人面前。就在大家翘首以待陈子昂弹琴时，他却做出了令所有人意想不到的举动：高举古琴，狠狠地摔向地面，当场将这把千金之琴摔得支离破碎。在大家瞪圆眼睛望着他时，他激愤地朗声说道："我虽无二谢之才，但也有屈原、贾谊之志，自蜀入京，携诗文百轴，四处求告，竟无人赏识，我不会弹琴，但我会作诗，我的诗就是我用文字弹奏的天籁之音！"还未等众人回过神，陈子昂已拿出诗文，分赠众人。众人为其举动所惊，再见其诗作工巧，文采非凡，于是争相传看，一日之内，陈子昂便名满京城。

不久，陈子昂就中了进士，官至麟台正字，右拾遗。

也许你是一块金子，但当你埋在土里的时候，别人是难以发现你的光芒的。陈子昂深谙此道，他用智慧使自己放射出耀眼的光芒，成为了万众瞩目的焦点。

陈子昂的成功自我营销启示我们：不要被动地坐等别人的赏识，而要主动出击去展示真我的风采，用锲而不舍的执着精神去叩开机遇的大门。

老虎动物园

1945年，世界上第一座"老虎动物园"在印度维沙卡帕特南市诞生了。

印度是世界上拥有老虎最多的国家，全球大约80％的老虎都集中在印度。印度有世界著名的孟加拉虎，而孟加拉虎主要集中在印度南部的维沙卡帕特南市。每个到印度旅游的人都想一睹孟加拉虎的风采。于是有人就向维沙卡帕特南市政府建议，修建一座老虎动物园，专门供游客观赏。市政府采纳了这一建议，动物园很快修建起来了，一批老虎也很快集中到了动物园，但紧接着却遇到了一个难题：怎样让游客观赏这些老虎？

老虎自由放养在动物园里，一般情况下都待在动物园深处的林子里，根本不到动物园周围走动，游客没有谁敢进入到里面去看老虎，只能隔着栅栏看。可是，老虎不出来，游客就看不到老虎。没有老虎的动物园注定是缺乏吸引力的，于是来此的游客越来越少。

后来有人出主意说，把老虎关在笼子里，每天摆在栅栏的周围供游客观看。这样一来，游客倒是能看到老虎了，但那都是关在小小笼子里的老虎，老虎闪转腾挪的本领根本无法施展出来，游客眼里看到的是毫无生气与活力的老虎。游客当然又不满意了。

怎样让游客看到"兽中之王"的风采呢？

市民们出了很多主意，但决策者都感到不满意。最后印度德里大学生物学教授桑哈本·甘地在一次讨论会上说出了自己的看法："老虎关进笼子里，没有什么看点，但把一个人关进笼子里，却很简单。"

与会者都听得莫名其妙。随后，桑哈本·甘地教授解释道："其实，这是一个变换的原理：把笼子的内部变成外部，而把外部变成内部，不管哪里有老虎，都可以看到。"决策者这才恍然大悟。于是，特制的游览车诞生了，老虎不受任何束缚，依然自由自在地生活在动物园里，前来参观的游客则被"关"进活动的"笼子"——一辆密封的透明汽车里游览。游客自驾汽车进入动物园，可以尽情喂食、欣赏、拍照，老虎的一举一动尽收眼底，游客大呼"过瘾"。现在到印度维沙卡帕特南市旅游，其中一个最重要的项目就是去老虎动物园看孟加拉虎发威。

当我们在生活中遇到难题时，只有突破固有的思维笼子，才能迎来峰回路转的成功的惊喜。

让思维"越轨"

有两个南方商人各自带了一大批雨伞到北方去卖，因为南方的伞质量好而且便宜。可到了北方，他们发现，北方人很少用伞，因为那里的天气常年干旱少雨。一个月后，两个商人在回家的路上相遇，一个垂头丧气，说："我的伞一把也没卖掉，北方不常下雨，谁用雨伞啊，我都为此而破产了。"一个志得意满，说："我的伞全部卖光了，我只是让思维越了一次轨，卖的时候把'卖雨伞'改称'卖阳伞'，伞可以挡雨，难道就不能遮阳吗？"

从前有一个国王心血来潮，想看看臣民到底有多大力气，便举行了一次搬鼎比赛——谁能把一只千斤大鼎搬到自己身后，便可获得一锭金元。许多大力士闻讯赶来，然而无论他们如何用力，大鼎始终纹丝不动。这时，一个瘦小的老者走上台来，看看大鼎，便转过身径直走到国王面前，

抓起了金元。国王大声喊道："你还没搬大鼎，怎么就拿金元了？"老者哈哈大笑道："大鼎不是已经在我身后了吗？您可不能食言啊！"其实，以一个人的力量怎么可能搬得动千斤大鼎呢？那就要想办法：鼎不动我动，鼎不过来，我便过去。

在北美洲有一个久负盛名的金矿，每年都吸引着全世界数以万计的淘金者。而要抵达金矿必须过一条水流湍急的大河。在黄金的诱惑下，每天都有数千人泅水过河。有一个名叫科尔的淘金者在经历了无数次的空囊而归后，让思维转了一个弯，他想，既然有这么多淘金者急于过河，我何不搞个渡轮接送他们呢？于是科尔很快购买了一艘渡轮，专门用来接送每天数以千计的淘金者，还附带在渡轮上做起了外卖，使淘金者既远离了河水的威胁，又不用再去啃冰冷的干粮。几年下来，科尔成了当地的首富。

小草的叶边虽然划破了鲁班的手指，但他看到的却不仅仅是常人眼中的鲜血，而是锯齿的锋利，由此发明了锯子；苹果砸到牛顿的头上，他感觉到的不仅仅是疼痛，而是从下落的苹果中总结出万有引力定律；瓦特被壶盖里冲出的蒸汽烫了一下后，想到壶盖为什么会动，结果发明了蒸汽机……生活中有很多这样的例子，当我们遇到问题百思不得其解时，为什么不让思维跳出固有的圈子绕道而行呢？上帝在为我们关上一扇门的同时也为我们打开好多扇窗，只有让思维跳出固有的圈子绕道而行，我们才会有很多惊喜的发现和意想不到的收获。

这对我们职场中人具有极大的启示。人生处世如行路，常有山水阻身前。行不通时，有些人就开山架桥，最后吃力不讨好，落得个无功而返的结局；而有些人只是转了个弯，轻松绕过障碍，成功到达了终点。很多时候不妨让思维越一次轨，跳出固有的圈子绕道而行，说不定会迎来"四两拨千斤""柳暗花明又一村"的成功的惊喜。

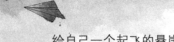

牛蒡果送来的机遇

你知道新式扣子纬格罗是谁发明的吗？发明纬格罗扣子的是瑞士青年乔治·德梅斯特拉尔。

1948年秋天，乔治·德梅斯特拉尔和他的邻居考普利尔都在一家工厂打工。有一天工休，乔治·德梅斯特拉尔和考普利尔相约一起，带着各自的猎狗一起外出打猎。这天秋高气爽，阳光和煦，旷野和山地到处弥漫着果实的芬芳，让人心旷神怡。乔治·德梅斯特拉尔和考普利尔一边登山一边采摘野果，尽情地享受着大自然带给他们的快乐。中午的时候，他俩在山腰的草地上野餐。乔治·德梅斯特拉尔刚坐到地上，就弹了起来。随后考普利尔坐到地上也弹了起来。他们感觉到臀部像被无数小针扎了似的疼痛。他俩察看刚才坐过的地方，原来都坐在了牛蒡草上，而牛蒡草上有一个个刺果，很显然扎疼他们屁股的就是这带刺的牛蒡果。考普利尔嘴里一边诅咒这该死的牛蒡果，一边用皮鞋狠狠地踩踏它们。乔治·德梅斯特拉尔却在低头仔细观察，他发现自己的裤脚上和猎狗的毛上都沾满了这种附着力很强的刺果。

当晚回到家后，乔治·德梅斯特拉尔和考普利尔都在做着同一件事：除去裤子上和狗毛上的牛蒡果。考普利尔一边摘一边骂，摘完了骂累了后就睡觉去了。乔治·德梅斯特拉尔摘着摘着，突然产生了强烈的好奇心，牛蒡果为什么会有这么大的附着力？这里有什么奥秘呢？摘完衣服上和猎狗身上的牛蒡果后，乔治·德梅斯特拉尔没有马上去睡觉，而是拿起一枚牛蒡果在灯下用显微镜观察，他发现牛蒡果上有无数小钩子钩住了衣服上的纤维和狗毛。它为什么能钩住呢？乔治·德梅斯特拉尔看着看着，突然感到眼前一亮，闪现出了一个灵感的火花：如果仿造牛蒡果的结构，能否

生产出一种新颖的纽扣之类的新产品呢？

第二天，乔治·德梅斯特拉尔就开始变心动为行动了，他空余时间一头扎到了新式纽扣的发明实验中。考普利尔听说乔治·德梅斯特拉尔在研究牛蒡果，就笑话他异想天开，不好好打工，却去无端地浪费时间和金钱。乔治·德梅斯特拉尔没有动摇决心，他经过一次又一次的实验，一次又一次的失败，半年之后，终于发明了一种合起来就不易分开的布。他的做法是在一块布上织有许多钩状物，在另一块布上织有许多小圆珠，只要把两者对贴在一起，钩子就钩在圆珠上，就可以起到拉链或者扣子的作用。

乔治·德梅斯特拉尔给他的这种新式扣子起名"纬格罗"。随后，乔治·德梅斯特拉尔辞去了工厂的职务，走上了自己创业的道路，他筹集资金开办了一家专门生产"纬格罗"的工厂，开始大量生产"纬格罗"。"纬格罗"用途十分广泛，衣服、窗帘、椅套、医疗器材、飞机和汽车上都用得着它。"纬格罗"供不应求。几年以后，乔治·德梅斯特拉尔就跻身到了瑞士富豪的行列。而他的那位只知咒骂牛蒡果的邻居考普利尔还在那家工厂打工。

总有人感叹机遇难寻，其实很多时候机遇就在我们身边，只是我们缺乏慧眼与其擦肩而过。如果说那扎疼屁股的牛蒡果就是天上掉下来的机遇的话，乔治·德梅斯特拉尔就及时抓住了机遇，凭着细心的观察，用心的研究，大胆的行动，让聪明才智发挥出来，选准了自己的创业之路，从而走向了成功。

牙膏口径扩大一毫米之后

这是几年前网上红火一时的一则故事。美国默克尔牙膏公司，生产一种泡沫十分丰富的牙膏，投放市场后很受欢迎，因为当时不少消费者认为泡沫丰富就是好牙膏。可是几年以后，其销售业绩却停滞下来，每个月仅能维持大致差不多的销量。董事会对这样的业绩感到不满，在年末召开全国经理级高层会议商讨对策。会议最后决定：有偿征集建议，谁的建议能让销售额翻一番，就奖励谁10万美元。第二天，有名年轻人将建议写在一张纸条上，交给了总裁。总裁一看立马拍案叫好，当即奖励年轻人10万美元，并拍板第二年按年轻人的建议去实施，更换新包装，牙膏的销售额果然翻了一番。

其实，年轻人的建议很简单：将现有的牙膏开口扩大1毫米。因为大多数消费者挤牙膏都有一个相同的习惯，挤出与牙刷前端的刷毛相同的长度，口径粗1毫米，每天牙膏的用量自然会多出不少。

后来，这则故事被当作经典成功案例被人引用，引用者挖掘出这则故事的启示：在试图增加产品销量的时候，绝大多数人总是在大力开拓市场、笼络更多的顾客方面做文章，如果你转换一下脑筋，增加老顾客的消耗量，也能够达到同样的目的。能够从另一个角度看问题，见人之所未见，善于突破常规，就是创造。

然而，这只是这则故事的前半部分，很少有人关注它的后半部分。

最近，美国著名纸媒《纽约时报》对默克尔牙膏公司的近况做了后续报道。不到一年，默克尔牙膏公司的牙膏渐渐地销售不动了。原来，很多家庭主妇发现，家里的牙膏用得很快，她们一查原因，"罪魁祸首"竟是牙膏口径太大，挤出太多，太浪费。而牙膏这类日用品大多

都是家庭主妇负责采买。于是，越来越多的家庭主妇不再购买默克尔牙膏公司的产品。反观此时很多竞争对手，并没有像默克尔牙膏公司这样"投机取巧"，而是继续把主要精力放在开发新产品上，生产出一系列迎合消费者需求的药物牙膏、健齿牙膏、洁齿牙膏、美白牙膏、降压牙膏……家庭主妇们当然愿意"喜新厌旧"地去尝试新的品种。于是，默克尔牙膏公司的生意每况愈下，最后不得不停止生产，改而生产别的产品去了。

由此可见，投机取巧式的创新，只能是昙花一现，要想真正赢得市场，吸引消费者，还得靠新产品，还是要在大力开发市场上做文章。

"空置"的价值

澳大利亚北部地区的爱丽斯泉市盛产一种红色沙岩石，是澳洲各地常用的建筑装饰的必备材料，需求量极大。格里费尔和迪斯卡两人都看准了这一商机，他们各自投资300多万元，分别在爱丽斯泉市东西两端同时建起了采石场。一年下来，炸石山，卖石头，当年就收回了投资。5年以后，他们各自都拥有了1500多万元的财富。

这时，随着城市建设的发展，很多房地产商开始把眼光瞄准了市郊，格里费尔和迪斯卡他们采石场周围的地段都成了房地产商们虎视眈眈的目标。

格里费尔很快做出了一个在常人看来不可思议的决定：拿出全部积蓄将采石场周围2公里范围内的土地全部买下来。而这2公里范围的土地上没有沙岩石，买下这片土地，将得不到任何回报。迪斯卡笑格里费尔的脑袋被驴踢了，说他将辛辛苦苦赚来的钱打了水漂。格里费尔不理会迪斯卡的嘲笑，反而好心地劝迪斯卡也效仿他买下周围的土地。迪斯卡却不理会格里费尔的劝告，他固执地认为，除非这土地上也盛产沙岩石，还有点资源可利用，不然，纯属做赔本的买卖，要买也是那些房地产商们去买，他是不会花这冤枉钱的。

人们以为，格里费尔要在买下的那片土地上做点什么，可是两年多来，格里费尔没有任何行动，就那样让这片土地一直闲置着。其间有开发商找过他，愿出高价购买那片土地，可格里费尔不为所动，坚决不卖。他一心一意地经营着自己的采石场，采石场的生意越做越红火。

另一端的迪斯卡可没有这么好的运气，他的采石场周围的土地被房地产开发商购买了，房地产商在那片土地上盖起了商品房。很快，迪斯卡就意识到当初没听格里费尔的劝告买下周围的土地，是一个极其严重的错误。待那片高楼建起业主入住后，业主们联合起来向政府投诉说，迪斯卡采石场的爆破声严重扰民，采石机器扬起的粉尘严重污染了周围的空气。最后政府不得不做出决定：强制关闭迪斯卡的采石场。迪斯卡再也没钱可赚了。

迪斯卡的采石场关闭后，他的那些客户就都转向了格里费尔那里，格里费尔的采石场财源滚滚。

格里费尔的智慧在于，他明白一个道理：资源最终会落到能创造最高价值的用途上，采石场旁边的土地，最高价值的用途就是空置。

给思维换种颜色

有一个青年，大学毕业后自主创业开了一家小超市。可是，开局不顺，连连遭遇到一些困难。青年很苦恼，不知该怎么应对，在心理上就先败了下来。

这天，青年看电视，刚好看到星云大师来本城佛教协会访问，于是青年特地去拜访星云大师，向星云大师诉说了自己的困惑。

星云大师没有说什么，只是到室内拿出一张纸和一盒彩笔。星云大师说："请你将这张纸全部涂红。"

青年很纳闷，不知星云大师是何用意，但他还是照做了，他在盒子里找到红色的彩笔，很快将这张白纸涂满了红色。

这时，星云大师说话了："请你再在纸上画一个太阳。"

青年依然不解其意。青年拿起笔在纸上画了一个太阳。可是由于背景已经是红色的，青年人画的太阳根本看不见。

星云大师说："你画的太阳呢？"

青年说："纸上已经涂满了红色，毫无空隙，再也不能画太阳了。"

星云大师没有说话，他接过青年的画笔，拿过那张纸，铺在旁边的一张桌子上，挥笔很快画出了一个圆圆的红太阳。

青年一看，原来星云大师将纸翻了一面，将太阳画在了纸的反面。青年自言自语地说："我怎么就没有想到呢？"

星云大师把青年叫过来说："请你将反面也全部涂上红色。"

青年照办了。星云大师说："你还能在上面画一朵花吗？"

青年人拿着纸正反两面都看了看，然后直摇头。

星云大师从盒子里找出一支白色的彩笔，很快又在上面画了一朵漂亮的白色小花。

青年似有所悟，在那儿直点头。

这时，星云大师说话了："一张纸有两面，当一面涂满了颜色后，并不代表这张纸再也不能作画，其实，最少还有两种方法可以继续画画：一种是画在反面，一种是换一种颜色的笔在上面画。在生活中，当我们遇到困难和麻烦一时束手无策无计可施之时，不妨也尝试一下给自己的思维翻个面，或换种颜色试试，也许我们就能看到成功的太阳和花朵。"

青年醍醐灌顶。

第三辑

事在人为

一村菊香的境界

有一个5岁的小女孩手里拿着一个橘子，剥开后看见橘子里面不是像苹果和梨子那样是一个整体，而是由一瓣一瓣组成的，就跑去问妈妈："妈妈，为什么橘子里的果肉不是一整块，而要分成一小瓣一小瓣呢？"小女孩的妈妈是一名小学教师，这真是一个伟大的妈妈，她略作思考后告诉女儿："那是橘子在告诉你，生活的甘甜和幸福，是用来跟大家一起分享的。再甜的果肉，一个人吃又有什么意思？你要记住，一份快乐与人分享，就是两份快乐。懂得分享的人最幸福，与人分享才是最大的幸福！"小女孩马上剥了一瓣橘子送进了妈妈的口中。妈妈开心地笑了。

有一位禅师，在院子里种了一棵菊花。第三年的秋天，院子成了菊花园，香味一直传到了山下的村子里。山下的村子里有几个乡民闻香而来，向禅师要几棵菊花种在自家院子里，禅师有求必应，亲自挑选开得最鲜艳、枝叶最粗的几棵，挖出根须送到了乡民家里。消息很快传开了，前来要花的人接连不断。没几日，院里的菊花就被送得一干二净。没有了菊花，院子里顿时黯然失色。弟子看到满院的凄凉，说道："真可惜！这里本应该是满院花香的，现在一棵菊花也没有了。"禅师笑着对弟子说："你想想，这样岂不是更好，三年后一村菊香！"果然如禅师所言，三年后，山下的村子里一村菊香。山上的寺庙每天都被菊香包围，满山菊香。弟子们这才明白了禅师的智慧：把美好的事与人一起分享，让每个人都感受到这种幸福，这才真正拥有了幸福。

在我们的人生路上，不是一个人在走，而是有许许多多的人与我们同行，有亲人，有朋友，更多的是陌生人。人人有快乐都愿意有人来分享，我们要学会让人分享。这就如同一顿丰盛的大餐，当你一个人享用时，你虽然品尝到了美味，有满心的喜悦，但如果不留点给他人尝尝或讲给没吃过的人听听，这时你的快乐就会大打折扣。一道美丽的风景线，当你一个人欣赏时，你即使发自内心的赞叹，那也只是你一个人的感受，如果和很多朋友一起欣赏，或者你向人讲出来，写出来，你会获得更多的享受和乐趣。

与人分享，是一种境界，是一种智慧，是一种美德。学会与人分享，我们的人生将会更加美丽幸福。

忘记脚下的"钢丝"

2012年6月15日，美国著名杂技表演世家"飞人瓦伦达"家族的第七代传人尼克·瓦伦达，从美国与加拿大边境的尼亚加拉大瀑布上的高空钢丝上成功跨越，成为自1896年以来跨越尼亚加拉大瀑布的第一人。尼克·瓦伦达一下成了美国人心中的"杂技英雄"和各大媒体关注的焦点人物。

美国著名纸媒《洛杉矶时报》当天就派出记者采访了尼克·瓦伦达。记者提出三个简单而直接的问题：

第一个问题是："尼克·瓦伦达先生，听说你是从10岁的时候开始学走钢丝的，请问你在开始练习走钢丝的时候掉下来过吗？"

尼克·瓦伦达如实地回答说："当然掉下来过，而且还掉下过多次，开始时没走几步就掉下来了，后来反复地练习才渐渐地走稳了。"

第二个问题："你认为走稳钢丝的先决条件是什么呢？"

尼克·瓦伦达的回答出乎意料："掉落，是走稳钢丝的先决条件。没有掉落就没有成功。"

第三个问题："那么，就你的体验来说，怎样才算真正学会了走钢丝呢？"

尼克·瓦伦达坦言："走，不停地走，直到你忘了脚下那条钢丝的存在，忘了掉落这件事，你就算真正学会了走钢丝。"

其实仔细想想，尼克·瓦伦达的"掉落理论"对我们职场生存是一种很好的启示：人生处处充满意外，我们就应该像练习走钢丝一样，带着微笑，抬头挺胸朝前走；若是不慎掉落，就不要悲观不要怨天尤人，重新站起来继续前行。当我们不再在意"意外"，不再在意"掉落"时，我们就可以走得比别人稳，我们离成功的目标就越来越近了。

成功由心生

中国教育电视台《教育人生》栏目曾专访了新东方教育科技集团董事长兼总裁俞敏洪，请他就"成功的要素"这一话题，谈谈看法。

俞敏洪讲了下面这个故事。

大学生物学教授和他的商人朋友一起逛公园。当经过一块苗圃时，教授突然停住了脚步，用手遮在耳后在倾听着什么。

"怎么了？"商人朋友问他。

教授惊喜地叫了起来："我听到了一只蝈蝈的鸣叫，而且我敢肯定它

绝对是一只上品的异色蝈蝈。"

商人朋友很费劲地侧着耳朵听了好久，摇摇头说："我什么也没听到！"

"请稍等。"教授一边说，一边向苗圃的另一边跑去。教授很快找到了一只异色蝈蝈，教授兴奋地说："果然是一只异色蝈蝈。你知道吗，蝈蝈体色最基本的是黑褐色与黄绿色两种，但经过长期各地环境的影响与个体变异，又逐步衍生出了很罕见的中间色、过渡色，这就是奇特的异色蝈蝈。你看它就是这种异色，多美，怎么样，我没有听错吧？"

商人莫名其妙地问教授："你不仅听出了蝈蝈的鸣叫，而且听出了它的品种，请问你是怎么听出来的呢？"

教授回答说："异色蝈蝈的叫声与其他蝈蝈不同，三个音为一个节奏：唧唧唧——唧唧唧——唧唧唧——，而且中间那个音要高一些，有点像老鼠啃木头，你必须用心才能分辨得出来。"

一会儿，他俩离开了公园，走在了人声嘈杂的马路上。忽然，商人也停住了脚步，他听到了一声响，说："有人的钱掉了。"商人立即跑上前去，拾起一枚前面行人掉落的一元硬币，而走在他前面的教授却什么也没听到。

最后，俞敏洪说："教授的心在昆虫那里，所以他听得见蝈蝈的鸣叫。商人的心在金钱那里，所以，他听得见硬币的响声。可见，心在哪里，成功就在哪里。成功随着心在走，心所指的方向才是成功的方向，成功的一个重要因素就是用心！"

最好的绝技

英国当代著名画家卢西恩·弗罗伊德凭借一幅裸体肖像画《沉睡的救济金管理员》而一举成名。卢西恩·弗罗伊德是一位很有创意的画家，他的绘画题材广泛，总能给人一种别出心裁的感觉。因此，他的作品无论是风景画还是人物肖像画都深受人们的喜爱，更受收藏家的青睐。

当时，有位叫布里奇特的英国皇家美术学院毕业的高材生，特地慕名找到卢西恩·弗罗伊德，要拜他为师。卢西恩·弗罗伊德见布里奇特很有绘画天赋，也很有学习的诚心，就答应收他为徒。

布里奇特不愧为名校高材生，既勤奋动手又谦虚好问，跟随卢西恩·弗罗伊德学了两年后，就逐步掌握了卢西恩·弗罗伊德绘画中的线条、色彩、点染、铺排等特殊技法，布里奇特的画几乎能与卢西恩·弗罗伊德媲美了。可是，当布里奇特把自己的画与卢西恩·弗罗伊德的画放在一起出售时，那些精明的收藏家和部分略懂画道的买主，总能把他的画和卢西恩·弗罗伊德的画鉴别出来，称他的画还缺少老师画作中的神韵。布里奇特想不明白自己的画到底哪儿比不上老师，他开始怀疑老师没有把真正的绝技传授给他。

这天，布里奇特委婉地对卢西恩·弗罗伊德说："老师，听人说你在绘画上还有一手绝技，你能教给学生我吗？"卢西恩·弗罗伊德没有马上回答学生的话，而是把布里奇特带到画室指着一张宣纸说："你在上面画一只青蛙我看看。"

这对布里奇特来说当然是小菜一碟。他几下就画成了一只栩栩如生的青蛙。在布里奇特准备搁笔时，卢西恩·弗罗伊德故意撞了一下他拿画笔的胳膊，一滴墨汁滴在了青蛙的肚皮下方，好好的一幅青蛙图被污染了。

布里奇特说："对不起，老师，我重新画一张。"

卢西恩·弗罗伊德说："不用重新画。看我的。"卢西恩·弗罗伊德接过学生手中的画笔，精心地以那滴墨汁为起笔，画出了一只活灵活现的小蝌蚪。青蛙加蝌蚪，一下子使整幅画生动而又富有活力起来。

在布里奇特惊叹之余，卢西恩·弗罗伊德这才说话了："其实，老师会的你都学会了，老师并没有什么特别的绝技。这里老师想告诉你的是，无论是绘画还是做其他事情，都难免会出现失误。我们要敢于正视自己的错误，并及时去修正它，这就是最好的绝技！"

唐伯虎开窗

我国明代著名画家、文学家唐伯虎，4岁时就在画画方面显露出才华。

一天吃完饭，饭桌上洒下了一些水，唐伯虎用手指蘸着，在桌上画了一朵梅花。唐伯虎的父亲唐广德一看儿子的涂鸦，不禁惊住了。他叫来唐伯虎的母亲邱氏一起欣赏。随后，唐广德找来笔和纸，让唐伯虎随便画画，没想到唐伯虎画了一只小鸡，还挺像那么回事。

唐伯虎6岁时，唐广德送他到私塾读书。唐伯虎便一边读书一边练习绘画。13岁时，唐伯虎的名声已经在十里八乡传开了。唐广德为了让唐伯虎有更大提高，把他送到当时的大画家沈周门下学习。有了名师指导，唐伯虎如鱼得水，更加刻苦勤奋，很快掌握了专业的绘画技艺。唐伯虎在沈周门下学习了两年，绘画技艺已接近于老师了。

一次，一位当地名士找沈周求画，沈周有事没时间画，就把这个任务交给了唐伯虎。唐伯虎把自己关在房中一整天，画出了一幅山水图。交给沈周时，沈周拍案叫绝，称赞唐伯虎画技精湛。谁知，自从老师的这次称赞后，唐伯虎渐渐产生了骄傲自满的情绪。他对老师的辅导和自由练习课不再像原来那么有兴趣了，有时趁老师外出，他就胡乱画点什么，应付检查，其余时间就去找一帮孩子玩游戏。

沈周发现这些变化，很是着急。但他知道，像唐伯虎这样的学生，心高气傲，仅靠语言教育是没有多大效果的。沈周思索了几天，终于想到一个办法。

那天，沈周特地邀请唐伯虎到自家书房吃饭。天气很热，但室内却门窗紧闭。唐伯虎吃着吃着，感觉出汗了，就说："老师，能把窗户打开吹一下风吗？"

沈周点了点头说："当然可以，你去把窗户打开吧。"

唐伯虎放下碗筷，走到对面的墙边。当他伸手时，触到的却是光滑的墙面。唐伯虎仔细一看，发现手下的窗户竟是老师沈周的一幅画。唐伯虎没想到老师的画竟达到了以假乱真的程度，顿时汗颜了。他突然明白了老师的良苦用心，惭愧地对沈周说："老师，我知错了。"

唐伯虎没有打开墙上的窗户，却在老师的开导下打开了心灵的窗户，从此潜心学画。后来，唐伯虎不再有半点骄傲之心，而是不断拜访名师，先后投到李唐、刘松年等名师门下学习，最终成为名垂青史的一代画家。

拜水为师

有人曾向中国式管理大师，被誉为"中国式管理之父"的曾仕强教授请教：职场中与各色人等打交道有没有什么诀窍？曾教授没有直接回答，

而是先讲了他曾经点拨过一个青年的故事。

有一位名牌大学毕业的青年，应聘到一家名气很大的公司工作。他的工作能力很强，一年中就有两项设计为公司带来了很大的经济效益，可是由于他只专注于业务，不善与人相处，特别是总看不惯顶头主管的一些做派，因此一直受到压制，得不到提拔和重用。最后他决定辞职。那天晚上，青年极端无聊之下上网，无意中点到了曾教授的演讲视频，很受启发，然后搜索到了曾教授的微博，并留言说出了自己的困惑，曾教授及时回复说："辞职不是最好的办法，你一定要学会如何与不同的人相处，不然你无论到哪个单位都会遇见这种人，你能一次次这样辞职吗？你要把自己变成水，无论装到什么容器里都能适应。"曾教授的话令这位青年茅塞顿开。他打消了辞职的念头，回到岗位上后，练习着如何与看不惯的这个主管相处，他开始不去较真，尽量去看事情好的一面，从而和主管之间渐渐地从对立变成了平和，以至适应了主管的那种做派。一年后，青年因为业务突出，被总公司调去新组建的分公司担任经理去了。

最后曾教授说："其实，在职场中与各色人等打交道的诀窍很简单，就是把自己变成水。"

曾教授的话对我们不无启示。职场就像一个小社会，总能遇到各种性格的人。职场千人千面，有的人沉默寡言，有的人目中无人，有的人怨天尤人，有的人百般挑剔，有的人浅薄无聊……因此，要想在职场中能够游刃有余，一帆风顺，就要学会与不同性格的人相处，你不能也无法改变别人，就得主动地去适应别人，最好的办法就是把自己变成水，向水学习与人相处之道，所谓"上善若水任方圆"也是这个道理。现代职场，懂得合作的人才有成功的机会。只有把自己像水那样成功地融入到团体中才有成功的可能。

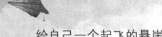

寻找机会"荣耀"他一回

前不久，我国当代著名教育改革家魏书生接受中国教育电视台记者专访，记者就"表扬的力量"这一话题请他谈谈感想。

魏书生首先讲了下面这个故事。

有所学校，有一个名叫刘翮的学生，读初一时被班主任老师判定为"问题学生"。他手脚不干净，爱小偷小摸，时不时会偷同学一块橡皮、一支笔、一本字典什么的，有时发现同桌课桌里有几元零钱也会寻机偷去。以致后来班上的学生只要一不见了东西就怀疑是他偷去的。最后老师学生都不喜欢他。后来升到初二时，班主任换成了梅老师。梅老师了解到了刘翮的情况后，决定想办法转变他。

这天上午，刘翮在上学途中突然拾到了一个钱包。他打开一看发现里面有两百元钱和一张身份证，他拿出身份证一看，竟然是班主任梅老师的。这时刘翮环顾了一下四周，没人，他就将钱包揣进了口袋中。一路上，刘翮都在进行着激烈的思想斗争：是将钱包交给班主任还是自己留下？到了学校时，刘翮做出了决定，将钱包交给班主任。班主任接过钱包时惊喜地说："我昨天发现钱包丢失后，急了一晚上，幸亏被你拾到。"刘翮说："老师您点点看，少了什么没有？"梅老师清点了一下说："两百元钱，一张身份证，都在，没少什么。谢谢你刘翮，你真是一个好孩子！"下午上课后，梅老师在课堂上当着全班同学的面，大张旗鼓地表扬了刘翮，说他拾金不昧，还号召全班同学向他学习。刘翮可是第一次享受到这样的荣誉，他为自己骄傲，更为自己以前的行为惭愧。打这以后，刘翮改变了自己，双手"干净"了，班上再也没有发生过丢失东西的现象，而且他的学习也进步了许多，还经常主动打扫教室卫生，真心实意地帮助

同学做好事。其实，这是班主任梅老师的功劳，刘翮拾到的那个钱包是梅老师有意丢在路上的。

最后，魏书生说了这样一段话："人人都有虚荣心和自尊心，尤其是孩子。十次恶狠狠的批评与训斥，很可能比不上一次真诚的表扬和善意的鼓励。当人生还处在幼稚的可塑造阶段，寻找机会'荣耀'他一回，或许能改变他今后的一生。"

给自己一个起飞的悬崖

中央电视台《动物世界》栏目曾播出过一期"幼鹰学飞"的节目：当幼鹰长大的时候，老鹰把巢穴里柔软的铺垫物用爪子抓着全部扔了出去，只剩下横七竖八的枯树枝，这样，雏鹰们再待在巢穴里就会被树枝上的针刺扎疼。因此，它们不得不爬到巢穴的边缘。而这时，老鹰就会把它们从巢穴的边缘赶下去。雏鹰开始惊慌失措地坠向谷底，为了阻止自己继续下落，它们要拼命地拍打翅膀，来保住性命。于是，它们学会了飞翔。

幼鹰学飞让我悟到了一个道理：人总喜欢过舒适平稳的生活，往往对现有的东西恋恋不舍。这无形中制约了我们的发展。其实，要想让自己的人生有所突破，关键时刻就应该逼一逼自己，把自己带到人生的悬崖边上，振翅飞翔在另一片蓝天里。

我国历史上杰出的军事家韩信深明此理，因此才有了"陷之死地而后生，置之亡地而后存"的"背水一战"；西楚霸王项羽深明此理，因此才有了"皆沉船，破釜甑"的"破釜沉舟"的壮举；宋朝宰相寇准深明此理，因此才有了他建议宋真宗御驾亲征的"孤注一掷"……

　　美国著名指挥家孔泽尔也深明此理。有一年，孔泽尔邀请美国作曲家乔治·格什温写一部交响曲，而乔治·格什温说他从来没有写过交响曲，自己对交响乐一窍不通，婉言拒绝。孔泽尔竟然在报纸上刊登了一则广告，说20天后，国家大剧院将上演乔治·格什温的交响乐《蓝色狂想曲》。乔治·格什温看到广告，大惊失色，质问孔泽尔为何令他出丑，孔泽尔微笑着说："反正，全城人都知道了，你看着办吧。"乔治·格什温没办法，只好将自己关在屋子里，硬是用了两周的时间，完成了这部作品。最后首场演出大获成功，乔治·格什温也因这首曲子而一举成名。

　　曾获得第二届"中国最具潜力创业青年奖"，今年31岁的企业家董一萌也深明此理。董一萌26岁那年创办了一家公司，公司开张恰逢美国"九·一一事件"发生，全球IT业务滑坡，没过几个月时间，他的公司资金枯竭，全公司只剩下了董一萌和副总两个人。突然的变化把他一下推到了绝境的边缘。可是，董一萌没有被吓到，他积极寻找出路，有一家颇具规模的广告公司引起了他的注意。"一屋子全是业务员，疯狂打电话，每月电话费8000多元，一年产值达到两个亿"，这种"电话营销、狼群作战"的运作模式，使他深受启发。此后一周时间，他打遍了整个通化市药厂的电话，第二周，他就拿到了近7万元的合同单。接着一单单生意来了，公司复活了。随后做大做强了。

　　古今中外无数事实证明，人的潜能是无限的，绝境之下能爆发出意想不到的力量。只是有时候我们因为贪图安逸恐惧困难，所以宁可做蛹成茧，也不愿破茧成蝶。其实，我们每个人的生命中都有一双飞翔的翅膀，一个展示的舞台，一片翱翔的蓝天。关键是你要大胆地给自己一个爆发的机会，一个起飞的悬崖。

有一种拯救叫信心

在英国南部的一个名叫拉伊的小镇上，耸立着一座巨大的铜像，远望像凌空翱翔的雄鹰，近看才知是一个人在飞腿射门。当地人称这座铜像为"希望之神"。很多人在生活中遇到困难的时候，都会到这儿瞻仰一下这座铜像，以获得战胜困难的信心和勇气。

这个铜像是谁呢？他就是英国人心中的民族英雄贝鲁姆。贝鲁姆就是出生在这个小镇上，家乡的人们为了纪念他，而给他铸了这座铜像。

1938年，贝鲁姆还是一名州足球俱乐部优秀的足球前锋，第二年第二次世界大战全面爆发，贝鲁姆应征入伍了。贝鲁姆和十几个战友在同德军的交战中兵败被俘，关押在纳粹集中营中。德国兵扬言要让他们生不如死，因此每餐给他们的食物就是一小块黑面包，并要他们从事强体力劳动。德国兵还拿他们恣意取乐，隔不了几天就要这些饿得发晕的战俘在满是沙砾的场地上跟他们踢足球。与其说是比赛，还不如说是德国纳粹折磨战俘的一种办法。德国人还有一个用意，就是鼓舞德军的士气，创造让英国人永远进不了一个球的神话。情况也的确如此，英国战俘不但每场比赛都输，而且从未进过一球。德国兵就借此奚落英国人为蠢猪。在这种肉体和精神的双重折磨下，贝鲁姆的战友们都产生了轻生的念头，他们觉得这遥遥无期的非人生活不知什么时候才是个尽头。贝鲁姆想挽救他们，他知道饥饿还可战胜，但如果没有活下去的信心就会把人的精神摧垮。

贝鲁姆很快有了计划。在比赛的前几天，贝鲁姆让战友们每餐匀出一点儿黑面包，都攒下来，留给比赛那天食用。比赛那天，他吃得饱饱的。比赛开始后，贝鲁姆就像一匹野马，在赛场上不停地奔跑，很快打乱了德国人的节奏，仅3分钟便获得一次单刀的机会，攻破了德国人的大门，踢进了一球，此时，全体队员受到了激励，信心大增，都拼尽全力在场上狂奔，尽管最终还是输给了德国队，但战俘们看到了没有什么神话是不能打破的。贝鲁姆成为了集中营中希望和信念的支柱。

尽管最后贝鲁姆被秘密处死，但他点燃的希望之灯永不熄灭，他的战友们再也不破罐破摔了，他们有了好好活下去的信心和勇气。他们坚强地活了下去，后来终于等来了一个机会全部越狱，成功获得了自由。

当我们陷入危机甚至濒临绝境的时候，这时能拯救我们的就是信心。信心有时来源于一个微笑，有时来源于一句话……有时就是贝鲁姆脚下的那一粒进球。人永远不能失去的是信心，信心产生勇气和力量。信心点亮希望之灯，在希望之灯的照耀下，我们终会有走向成功的那一天。

有一种胜利叫舍去

在意大利东部有一座小岛——凯斯岛。凯斯岛只有20公里宽，41公里长，现在是意大利著名的度假胜地，岛上气候适宜，风景优美，吸引了世界各地游客来此观光。

凯斯岛上地势最高处耸立着一座奇特的铜像：铜像只有一条右腿，独腿弯曲跪地，身形后仰，那举过头顶的双手紧紧地握着一条腿，作奋力扔出状。这尊铜像的原型人物名叫凯斯。凯斯岛就是用他的名字命名的。

说起凯斯岛，还有一段震撼人心的故事。1808年，意大利船长凯斯带领一支探险队在英吉利海峡上探险，几天后他们遇到了一支爱尔兰探险队，于是两支探险队齐头并进。他们在海上行驶了三天三夜后，同时发现前面出现了一座小岛，两支探险队的队员们欢呼起来，都说是自己最先发

现小岛的，小岛要归属自己的国家，于是他们发生了争执，结果互不相让，到了要动武的地步。意大利船长凯斯和爱尔兰船长开始谈判，最后达成了双方都接受了的协议：两支探险队的船只从同一起点出发，看谁最先到达小岛，谁的第一只脚踏上小岛，小岛就归谁的国家。

比赛开始了，双方的船只开足马力全速前进，几乎分不出先后，可是在离小岛还有大约20米时，意大利队的船只突然发生了故障，速度明显慢了下来。眼看爱尔兰的船只冲到了前面，急速向小岛驶去，这时船长凯斯做出了一个惊人之举，他以极快的速度从腰上拔出佩刀，挥刀劈向自己的左腿，然后立即扔下了刀，双手拾起断腿，右膝跪地，拼尽全力，将断腿向小岛扔去。当他的断腿落在小岛上时，爱尔兰的船只刚好到达小岛，爱尔兰船长踏上小岛时，看到那条断腿，惊叹不已。按照双方事先约定，凯斯的第一只脚最先踏上小岛，小岛的所有权就归属意大利了。为了表彰凯斯的惊天壮举，意大利政府就把这座小岛命名为凯斯岛。后来又在小岛上塑了一座凯斯的铜像，用来永远纪念这位凭着非凡的智慧和牺牲精神赢得胜利的船长。

凯斯舍去的是一条腿，赢得的是青史留名。人生有舍有得，丰满人生全在舍得，舍得之间我们的人生才会放射出夺目的光彩。

看轻自己才能飞向蓝天

被人们亲切地称为"大衣哥"的农民歌手朱之文，有一次去山东参加演出，旅途中不小心将手表的链子挂断，下车后到街道边一家手表维修店去修理。店主是一个30多岁的中年人，他看了朱之文一眼后没说什么，就埋头专注于检查手表去了。朱之文在旁边跟他聊天，问："师傅，你喜不喜欢听歌？"中年人头也没抬答道："喜欢啊！"朱之文又问："那你会唱《我要回家》这首歌吗？"中年人抬头看了朱之文一眼后，拿起工具卸下了手表上的螺丝后说："我会唱哟。"接着他嘴里还哼出了声。中年人手艺很精湛，一会儿就修好了。朱之文在付钱时不甘心地又问了一句："师傅，你认识我吗？"中年人接过钱很平静地说："你一来我就认出了你，你就是今年春晚上唱《我要回家》的'大衣哥'朱之文。"朱之文还是不甘心地继续问："很多认出了我的人激动地找我签名，你怎么看到我如此冷淡？"这时只听中年人说："不，朱老师，您感觉错了，我没有冷淡。我只是没有年轻人那样狂热罢了。您有您的成就，我有我的工作。您今天来修手表，就是我的顾客，我就像接待顾客那样接待您。我觉得人与人之间就应该是这样。"朱之文没再说话了，在这位中年人面前，他突然感觉到了自己的浅薄。朱之文真诚地说："师傅，谢谢您！您让我受到了一次很好的教育。我会永远记住你的话的。"后来朱之文摒弃了一切骄傲情绪，老老实实做人，认认真真唱歌，观众们越来越喜欢他的憨厚形象，喜欢听他的歌了，他成为了观众心目中认可的德艺双馨的歌手。后来有记者采访朱之文时，问朱之文："你成了名人后，最大的感想是什么？"朱之文说："不要以为自己多么了不起，做人还是要看轻自己。"

仔细想想，"看轻自己"四个字充满人生的哲理和智慧。看轻自己是一种境界，是一种精神。把自己看轻，这是光明磊落的心灵折射，是正直坦诚的自然流露。有钱人看轻自己，就不会自傲和奢侈；当官者看轻自己，就不会专横和贪婪；明星们看轻自己，就不会张扬和自傲；普通人看轻自己，就不会困惑和郁闷。看轻自己才能净化灵魂，看轻自己才能轻装上阵，看轻自己才能提升品质，看轻自己才能知足常乐。看轻自己才能看到自身的缺点和不足，看轻自己才能不断自我完善。看轻自己才能平平常常笑看花开花落，看轻自己才能自自然然静观云卷云舒。

现实生活中，我们很多人过于自恋，总以为自己是一群人中的焦点，时刻在意别人对自己的评价，往往迷失了自我。其实，看轻自己，做好自己的事，走好自己的路，才能飞向成功的蓝天。

别把自己当明星

先说我亲身经历的一件事。

星期天，我到理发店理了一个发，待理完发后，我才知道给我理发的是一个学徒。我对着镜子一照，感觉这发理得实在是太糟糕了，简直是越看越使人闹心。这叫我上班后怎么面对同事啊，同事看到我这个发型后，岂不笑话死了我。第二天，我是硬着头皮走进办公室的。我不敢看同事们的眼睛，我一直低着头，这时有个同事喊我，问我双休两天到哪里去玩了一趟，我说哪儿都没去，就在家中看电视。于是很多同事凑了上来，围绕着"玩"，各自聊起了双休是怎么度过的话题，根本没有人关注到我的头发。

我不由得产生了一种失落感。随后，我想到生活中像我这样的人绝对不会是少数。这类人经常觉得别人时刻在关注着自己，于是总会在一些事情上担心。比如，"我穿这件裙子去上班，别人会认为得体吗？""我的这件衬衣搭配这条领带，会不会有人说我老土？""我戴的这顶帽子难看吗？""我买的这双鞋别人会觉得时尚吗？"……其实，这些担心都是多余的，不必要的。因为，我们一般人不是明星，别人不会像关注明星那样关注我们的。

曾经看过一篇文章，说有位教授做了这样一个实验。实验中，教授要求一名学生穿上印有被誉为美国流行音乐之王的迈克尔·杰克逊头像的

T恤，走进一间教室，停留片刻以后就离开了。然后，教授让这名穿T恤的学生猜测：教室里有多少人会注意到他穿的T恤上印有迈克尔·杰克逊的头像。该生猜测，有50%的学生能看出来。随后，教授转身亲自来到教室，询问学生："刚才进来的那人穿的是什么样的T恤？"结果，只有20%的学生回答说："他穿的是印有迈克尔·杰克逊头像的T恤。"由此可见，穿T恤的学生，过高地估计了自己被关注的程度，实际上他被关注的程度，还不到猜测的一半。

现实生活中，我们很多人过于自恋，总以为自己是一群人中的焦点，他们好像是为别人活着，时刻在意别人对自己的评价，往往迷失了自我。其实，我就是我，别把自己当明星，做好自己的事，走好自己的路，问心无愧就行了。请记住但丁的那句"走自己的路，让别人说去吧"的名言吧！

孟非低头

中央电视台《艺术人生》栏目曾采访江苏卫视著名节目主持人孟非，朱军请他就"职场生存之道"的话题谈谈感悟。

孟非讲述了他亲身经历的一件事。

孟非读初一那年，他家院子里栽有两棵向日葵。孟非发现向日葵总是低垂着头。有一天，孟非在生物课上学了"光合作用"一节，回家后看到向日葵时突发奇想：为了让向日葵省去每天转来转去的麻烦，直接吸收阳光，何不将向日葵固定起来，让它直接昂头对着太阳呢？于是，他找来绳子和竹竿，将其中一棵向日葵固定起来，让它抬头挺立，直视太阳。孟非

想，这棵向日葵到时结的籽粒一定比另一棵饱满。两个月后，向日葵成熟了，孟非等着去验证他的实验结论。可令他万分沮丧的是，那棵经他手固定昂头的向日葵空空如也，里面没有一粒饱满的籽粒，还散发出一股刺鼻的霉烂味，而另一棵向日葵则籽粒饱满，透着成熟的芳香。孟非不明白这是为什么，他去问生物老师："为什么昂着头的向日葵会颗粒无收呢？"生物老师解释说："你是好心帮了倒忙啊。要知道向日葵如果一味地昂头向上，里面多余的雨露就排不出去，很容易滋生细菌，导致霉烂。其实，向日葵的低头是它的一种生存智慧，是为了抗击风雨健康成长。"

老师的话给了孟非极大的启示，从此他一直牢记在心。后来孟非高考落榜，当过搬运工，做过印刷小工，做过送水工，当过保安，开过超市，干过电视台临时接待员，但不管做什么，他都认认真真地做好，因为他心中始终记住了一点：低头。最后他渐渐提高了能力，积累了人脉，直至主持《非诚勿扰》而名满天下，随后一举夺得了第九届中国电视金鹰奖"最佳主持人"奖。

最后朱军总结说："孟非的经历告诉我们，人在职场要学会低头，低头不是一种示弱，而是一种大胸怀，大境界，大智慧。古人云：至刚易折，上善若水，说的就是这个道理。"

马云也曾高考落榜

有一次，阿里巴巴集团主席兼首席执行官马云，做客中国教育电视台"成长不烦恼"节目。主持人与马云聊起了"信心与行动"的话题。马云讲述了自己的故事。

马云小时候身体很单薄，但他很顽皮，爱打架，初中考高中考了两次，数学只考了31分。进入高中后，马云懂事了，他立下了一定要考上大学的志愿，并且开始努力学习。可是现实与理想总有距离，1982年第一次高考马云名落孙山，但他并不气馁，第二年又奋力拼搏了一年，结果还是以8分之差落榜。马云的父亲很了解自己的儿子，他劝马云再复读一年，可是马云没有信心，想放弃读书外出打工。父亲再次找他谈话时，马云问父亲："我是不是天生就比别人笨，这两年我认为我的付出并不比别人少，我一样地上课认真听讲，认真完成作业，认真对待每一次考试，可是，为什么我最终总比别人差？"

可父亲并没有正面回答他的话，也没像大多数家长那样仅用激励的语言来鼓励他，而是对他说："儿子，明天我们一起去海边遛遛吧。"

第二天，父亲带着马云来到了海边。马云不理解父亲为什么要带他来看海，马云说："爸爸，海，我已看过多次，还有什么看的啊？"父亲说："大海就像一位哲学家，它能给我们很多人生的启示。"

接着，父亲指着前面那些在海边争食的鸟儿说："你仔细看看灰雀和海鸥吧。"

马云用目光搜寻追逐着这两种鸟儿，但没有看出什么门道。马云说："爸爸，它们都在为了生存而觅食啊，有什么区别吗？"

父亲说话了："怎么没区别呢？儿子，你看，当海浪打来的时候，小灰雀总能迅速地起飞，它们拍打两三下翅膀就升入天空；而海鸥总显得非常笨拙，它们从沙滩飞入天空总要很长时间。你看最终的结果，真正能飞跃大海横过大洋的是海鸥，而不是小灰雀。你就是这样的一只海鸥啊！"

马云茅塞顿开，这才明白了父亲带他来看大海的良苦用心。

马云又回学校复读了一年，更加勤奋努力，终于考上了杭州师范学院。大学毕业后，马云始终记着父亲的话，要做一只海鸥。后来马云创业成功，名字荣登《财富》杂志发布的"中国最具影响力的50位商界领袖排行榜"第8名。

节目最后主持人说了这样一段话："人，无论在什么时候都不能丧失信心，信心是支撑着我们前行的动力，要充分相信我并不比别人差，世上的路有千万条，总有一条适合我，积极行动起来去拼搏吧，做不了机灵的小灰雀，就像马云一样做一只飞越大洋的笨海鸥！"

一生做好一件事

马三立是一位德艺双馨的人民艺术家。马老离开我们已经十多年了，我们在缅怀大师的同时，更应该学马三立：一生热爱一件事，一生做好一件事。

马老的一生可以说全部献给了他所挚爱的相声事业。他12岁初中毕业后就辍学跟父亲说相声，两年后开始独立登台演出，33岁时登上了被当时全国说唱艺人视为最高荣誉的天津大观园剧场，大受观众追捧，从而一举成名。新中国成立后，新制度新生活给他带来了新的身份新的地位。马老感觉到相声事业的春天来了，他以更大热情投入到编演新相声的工作中，创立了风格独特的"马派相声"。在其后长达半个多世纪的时光里，马老一直与相声相伴，87岁时还在天津举办了一场从艺八十周年的告别演出。

马老一直到生命的最后时刻，念念不忘的还是相声。他在遗嘱中提到的是相声，祝愿的是相声："我是一个相声演员，也是一名普通的共产党员。我按照党的要求，用相声，用笑声，为人民服务。各级领导，天津的父老乡亲，给予了我很多荣誉和关爱。我也曾被评选为'天津市优秀共产党员'，我心里的感谢之情是无法用语言来表达的。人总是要死的。我有一个最后的请求，就是在我过世后，请将我的丧事从简办理，我不愿让各级组织再为我费心费神；同时，我的朋友、学生和再传弟子也比较多，所以不搞遗体告别，不接受花篮、花圈、挽联，不接受钱物。我毕生只想把笑留给人民，而不能给大家添麻烦，给国家浪费钱财。我衷心祝愿相声繁荣，人民幸福，国家富强。"

马老的一生是在漫长的舞台生涯中度过的，他饱经风霜，历尽坎坷，仍矢志不渝地爱相声，说相声，带徒弟，教徒弟，为推动我国相声艺术的发展做出了不可磨灭的贡献，他是当之无愧的当代"相声泰斗"。

大师的风范永存，大师给我们做出了榜样。我们还有什么理由不做好自己的本职工作呢？

说话是项技术活

前不久，被称为"中国式管理之父"的台湾交通大学教授曾仕强，接受凤凰卫视采访时，主持人问了这样一个问题："在我们的生活当中，是'说'重要还是'做'重要呢？"

曾仕强讲了这样一个故事：

有一个理发师技艺并不怎么高超，但赢得了很多回头客，人们都愿意去他那儿理发。是什么原因呢？关键原因是他会"说"。请看他是怎样应付下面这四位挑剔的顾客的：

第一位顾客理完发后，照照镜子说："头发留得太长。"理发师说："头发长，使您显得含蓄，这叫藏而不露，很符合您的身份。"顾客听

罢，高兴而去。

第二位顾客理完发后，照照镜子说："头发剪得太短。"理发师说："头发短，使您显得精神、朴实、厚道，让人感到亲切。"顾客听了，欣喜而去。

第三位顾客理完发后，一边交钱一边说："花的时间挺长的。"理发师说："为'首脑'多花点时间很有必要，您没听说过'进门来苍头秀士，出户去白面书生'？"顾客听罢，大笑而去。

第四位顾客理完发后，一边付款一边笑道："动作挺利索，20分钟就解决问题。"理发师说："如今，时间就是金钱，'顶上功夫'速战速决，为您赢得了时间和金钱，您何乐而不为？"顾客听了，欢笑告辞。

讲完故事后曾仕强教授说："这个故事告诉我们，说话是项技术活。在日常生活中做一件极普通的小事，由于说话水平不同，所获得的效果和回报也截然不同。我们不仅要会做，还要会说，有时'说'比'做'更重要，'说'可以弥补我们'做'的不足。"

教孩子说"不"

做父母的都有一颗拳拳之心，希望自己的孩子从小养成慷慨大方敢于担当的优秀品质，因此，总会用"当别人有求于你时，你要竭尽所能地给予帮助，赠人玫瑰手留余香"之类的话教育孩子。久而久之，使孩子只知道说"是"，而不会说"不"。

杨澜的教子之道却是教孩子说"不"。杨澜曾说："我希望我的孩子具有好的习惯和品性……其中之一就是要学会说'不'。"杨澜的女儿今年12岁，读小学六年级，她有一个同学，同学的父亲是一家娱乐小报的记者，这位父亲想通过自己的儿子与杨澜的女儿的同学关系，搞一点儿杨澜在家的私生活的猛料，比如最爱吃什么菜，经常看的是什么书，有谁最爱到她家串门，等等，想借此炮制一些花边新闻。尽管杨澜的女儿与这位同学的关系很好，但她坚决地说"不"，她明确地告诉那位同学："打听别人的私事，干扰别人的生活，是不道德的行为，我是不会向你提供什么的。如果是学习中有什么问题，只要我知道的，一定会尽力解答。"

杨澜的女儿回家把她的做法讲给母亲听，并问母亲："我这样做是不是不好意思？"杨澜告诉女儿："拒绝别人是很正常的事情，没有什么不好意思的，你就是要学会说'不'。"

教孩子说"不"，其实是讲求诚信的基础。当今社会上有些人过于自信，遇事不看自己的能力，往往不假思索，不进行权衡，就拍着胸脯振振有词地说："没问题，保证做到。"如果做不到不就失了诚信吗？我们的孩子如果像这样去学，轻易承诺了自己无法履行的职责，将会养成"说一套做一套"的口是心非，表里不能如一的劣行。

教孩子说"不"的方法很多。比如，鼓励孩子从小独立做事，孩子能做的事父母就不要包办代替，这样孩子就会从日积月累的亲身体验中积累经验、增长才干，才能有能力对父母或他人的行为做出接受与拒绝的判断；还可告诉孩子当你拒绝别人时，可直接说出理由，可以直接向对方陈述拒绝的客观理由，包括自己的状况不允许、社会条件限制等；还可教孩子学会间接拒绝别人。当不好正面拒绝时，可以采取迂回的战术，首先进行诱导，当对方进入角色时，然后话锋一转，制造出"意外"的效果，让对方自动放弃过分的要求；还可以教孩子用一拖再拖的办法，推迟别人的请求，比如说"我想好了再跟你说""我再考虑考虑"等，这都是一种委

婉拒绝别人的方法，别人也会从孩子的推迟中，明白他的意图，也不会使双方过于尴尬。

教会孩子说"不"好处多多，可以帮助孩子维护纯洁的社交圈子，帮助他们鉴别谁是真正的朋友，保持友谊的本色，更能从小培养孩子的独立性和自主精神，提高他们的社交能力，将来他们在职场中就会受用无穷，游刃有余。

张嘉佳的"10个路口"

1999年张嘉佳考入了南京大学。读小学的时候，张嘉佳就喜欢读书和写作，他的理想是将来成为一个著名作家。踏入南大校园后，张嘉佳开始向他的理想冲刺，很快成了校园里的风云人物。他积极主动地参加各种社团活动，自导自演了好多场学生话剧，还发表了很多文章。张嘉佳从大二开始，就一直在南京、上海、北京的各个电视栏目晃荡着，曾任杂志主笔、电视编导。毕业后，又作为电视编导，参与了南京电视台《震撼星登场》、江苏电视台《欢乐伊甸园》等多档节目的制作。尽管有这么多辉煌的成就，但离他的作家梦还有很远的一段距离，他文章写了不少，可是没有引起什么大的轰动。这时，张嘉佳感到很困惑，难道真的是理想很丰满，现实很骨感吗？看来要实现自己的理想很难啊！

张嘉佳感到很疲惫，就打电话给父亲说要回家休息几天。父亲主动提出到车站去接他。父亲在车站接到了张嘉佳后，说："我们今天不乘车，就直接步行回家。"张嘉佳说："那该多远啊，从这儿到我们家至少有五十条马路。"

父亲说："说起来似乎很远，其实只不过10个路口而已。"张嘉佳有点不相信："只10个路口吗？"

父亲说："是的，只有10个路口，但是我说的不是到我们家那儿，而是到途中的一家人民剧院。"

张嘉佳还是不明白父亲的话，既然说"只不过10个路口而已"，怎么又说"不是到我们家那儿，而是到途中的一家人民剧院"呢？尽管张嘉佳有些不解，但还是跟着父亲走了。很快父子俩就到了人民剧院，父亲说："现在是另外的10个路口了。"几分钟后，他们再次制定了10个路口的目标，每到达一个目标后就欣赏一下周围的景观，就这样他们很快走完了5个"10个路口"。

到了家门口后，父亲笑着说："你刚才说多远多远，我们这不很快就到家了吗？"

张嘉佳望着父亲，想想父亲说的话，突然明白了父亲要和他一起走回家的良苦用心。

到家坐定后，父亲说："儿子啊，有一个道理你得明白，其实每个人都有宏伟远大的理想，当你与你的目标距离十分遥远时，别因为遥远的未来烦恼，只注意你未来24小时的路，就这样坚持不懈地走下去，终究有一天会成功的。你前面的这些经历其实都是在为你的理想铺路啊。请记住：远大的理想固然重要，更重要的是把理想分段，一步步去努力，我们才能实现最终的那个远大理想。"

张嘉佳豁然开朗。他开始先从网络文学这个"路口"做起，很快成为了西祠胡同十大人气写手之一；然后试着写长篇小说，连写两部没有什么反响，但他没有止步，仍是不停地向前走，2005年出版了长篇小说《几乎成了英雄》后，终于轰动了文坛，首印便达到10万册。有了成绩的张嘉佳

没有沾沾自喜就此满足，他仍在"一个路口一个路口"地前行。2013年，张嘉佳开始在微博上发"睡前故事"，"睡前故事"系列微博一度被转发近百万次，广受追捧。张嘉佳终于步入了当红作家的行列。2014年第九届作家富豪榜揭晓，张嘉佳以1950万版税荣登榜首。张嘉佳就这样"一个路口一个路口"地实现了自己的理想。

天堂在我们心里

我们有时羡慕孩子和老人，羡慕他们的快快乐乐，羡慕他们的开开心心，羡慕他们的轻轻松松，羡慕他们的无忧无虑……

生活中我们经常看到这样的情景：

一个孩子可以一个人独对地上的一群小蚂蚁心无旁骛地看上半天；可以一个人捡来砖瓦石块垒一座小房子，垒了又拆拆了又垒；可以和几个孩子一起在小树林里玩一整天捉迷藏抓特务的游戏……

一个老人可以一个人独坐在冬日的暖阳下晒上一整天的太阳；可以一个人独对一头老牛絮絮叨叨地说上半天的话；可以和几个老人在一起蹲在街边全天候看别人下象棋……

有时看到这种情景我就会思索，孩子和老人们快乐的原因是什么呢？以前我只找到了外在的因素，他们一定生活在一个幸福的家庭里，孩子有爸爸妈妈的爱护，老人有儿女晚辈的孝顺，直至读了《人生哲理格言故事集》中的一个故事，我才发现还有一个很重要的内因在其中。

在埃及中部卢克索的帝王谷，卡尔维斯女王的墓室中，发现了一幅壁画，壁画上有一位威严的男子，正在操纵一架巨大的天平。天平的一端是砝码，另一端是一颗完整的心。这颗心是从一旁的玉匣子中取出的。埃及古老的文化传说中，有一位至高无上的美丽女性，名叫快乐女神。快乐女神的丈夫，是明察秋毫的法官。每个人死后，心脏都要被快乐女神的丈夫拿去称量。如果一个人是欢快的，心的分量就很轻。女神的丈夫就引导那有着羽毛般轻盈的心的灵魂飞往天堂；如果那颗心很重，被诸多罪恶和烦恼填满褶皱，快乐女神的丈夫就判他下地狱，永远不得见天日。原来谁的心轻盈谁就能上天堂。

孩子和老人的心灵轻盈，没有任何负担，所以他们每天是快乐的。

再看我们身边很多人，总是觉得自己活得很累，仔细想想他们不是身累，而是心累，是他们"以物喜，以己悲"的心理负荷太重。

对比孩子和老人，再想想这个故事，其实要让我们笑口常开很简单，就是给心灵减压，把心上的累赘一一剔除掉，我们就会生活在快快乐乐、开开心心、轻轻松松、无忧无虑中。

天堂就在我们心里。

驯虎人之死

艾德里安是19世纪英国东部卡姆福尔小镇上的一个驯虎人。

当时的小镇上艾德里安不是第一个驯虎人，在他之前还有一个驯虎人，这个驯虎人经常带着他的老虎到处表演，老虎的那些站立、打滚、钻圈等花招让观众拍案叫绝，也深深吸引了艾德里安。艾德里安欲拜驯

虎人为师。可是驯虎人为了垄断市场，拒不收徒。于是，艾德里安决定自己摸索。艾德里安从猎户手里买回了一只出生不久的幼虎，自己驯养。艾德里安知道，驯虎的前提是保障自身的安全。艾德里安苦苦思索了几天后，想出了一个最原始的方法：让幼虎从小开始吃素食。艾德里安每天只喂给幼虎面包、奶酪、土豆泥、豆汁等，开始幼虎闻了闻后就走开了。幼虎不吃食，艾德里安也不管，就这样让幼虎饿着，连饿了3天后，再喂一点素食，幼虎竟然开口了。有了第一口就不愁第二口，后来艾德里安每天就专门喂幼虎素食，两个多月后幼虎就养成了吃素食的习惯，一年后幼虎成年了，仍然过着素食的生活。在这一年中，艾德里安与老虎和平共处，艾德里安也训练出了老虎的一系列表演项目，后来也开始带老虎到各地演出赚钱了。

一天，老虎不知什么原因生病了，一整天不吃不喝。艾德里安很着急，因为停止演出一天就少一天的收入。艾德里安还担心老虎死了，如果死了，他就没有赚钱的工具，财路就断了。第二天，在老虎卧地不起、仍然不吃不喝时，艾德里安决定喂老虎一点儿肉试试。他从街上买来了两斤血淋淋的牛肉，拿到老虎嘴边时，老虎先是闻了闻，然后在上面舔了舔，接着就大口大口地吃了起来。艾德里安接着又买来几斤牛肉喂给了老虎。第二天，艾德里安带着老虎又开始外出表演了。在表演一个老虎钻火圈的节目时，老虎可能是由于生病刚好，蹿起时稍有偏差，一下把艾德里安擦倒在地，艾德里安的头摔破了，鲜血直流。这时老虎闻到了血腥味，它返回身在艾德里安的伤口上舔了起来。现场的观众还以为这是表演项目之一，正在大家饶有兴趣地观看时，老虎突然张开血盆大口向艾德里安的颈部咬去，在观众还没有反应过来时，老虎已将艾德里安的头颅咬了下来。现场观众一看老虎吃人了，一窝蜂地逃散了。等警察带着麻醉枪赶来时，地上只看见艾德里安血肉模糊的骨头和衣服碎片。

第二天，英国的《谢菲尔德每日邮电报》在报道这则新闻时，结尾说了这样一句耐人寻味的话："驯虎人的致命错误是，不该让一直吃素食的老虎开荤戒，老虎尝到了甜头后，那埋藏在心底的欲望就迸发出来了，再想抑制它就很难了。"

这则故事启示我们：在现实生活中，每个人都有欲望，面对形形色色的诱惑，我们要把持住自己，决不能让内心邪恶的欲望迸发，在我们的人生道路上千万要走好第一步，不然后果很严重。

安德森的遗憾

某报纸开辟了一个特别专栏《二战老兵讲故事》。93岁的二战老兵安德森讲的一个故事，让读者唏嘘不已。

1942年，南斯拉夫一支部队在森林中与德军相遇，一个小时的激战后，安德森和齐霍耶两名战士与部队失去了联系。这两名战士来自南斯拉夫同一个小镇波扎雷瓦茨。

安德森和齐霍耶两人在森林中艰难地跋涉，他们互相鼓励、互相安慰，像亲兄弟般相互照顾。然而，十多天过去了，仍未与部队联系上。他们面临着的最大威胁是饥饿，因为每天寻找到的食物很少。

这一天，他们打死了一只鹿，依靠鹿肉又艰难地度过了几天。也许是战争使动物四散奔逃或被杀光，这以后他们再也没看到过任何动物。这仅剩下的一点鹿肉，背在安德森的身上。糟糕的是，一天，他们在森林中又

一次与德军相遇，他俩联合作战，默契配合，巧妙地避开了敌人。走在前面的安德森以为已经安全了，长嘘了一口气，可是没想到"砰"的一声枪响，安德森感到肩膀上一阵钻心的疼痛，他中弹了。安德森扑倒在地，齐霍耶惶恐地跑了过来，他害怕得语无伦次，抱着安德森的身体泪流不止，并赶快把自己的衬衣撕下包扎安德森的伤口。晚上，尽管饥饿难忍，可他们谁也没动身边的鹿肉。万幸的是，第二天，友军的部队救出了他们。

1964年安德森和齐霍耶双双退役，他们回到了家乡波扎雷瓦茨。开始，齐霍耶好像很怕见安德森的面，每次见面，安德森都敏锐地觉察到齐霍耶的目光总是躲躲闪闪。有几次齐霍耶流着泪拥抱着安德森，那神情分明是想忏悔什么，但都被安德森顾左右而言他地挡了回去。其实，安德森知道他想说什么。后来，安德森在日记中记载了这点："我知道齐霍耶想说什么，他要告诉我那一枪是他开的。其实，当他抱住我时，我就知道是他干的。我碰到了他发热的枪管，看到枪口还有烟在飘出。我知道他想独吞我身上的鹿肉，我也知道他想为了他的母亲而活下去。"

在后来的交往中，安德森假装根本不知道此事，齐霍耶以为安德森真的不知道，也就从此放下了包袱不再提及。他们成了好朋友，经常在一起聚会玩乐，情同手足。可是十年后，在一次酒会上，安德森当着齐霍耶的面说出了埋藏在心里十多年的秘密。齐霍耶羞愧地提前离席而去。连续几天，安德森没见到齐霍耶的面，到他的住地一打听，已人去楼空。邻居告诉他，齐霍耶连夜搬离了小镇，任何人都不知道他去了哪里。安德森懊悔不已，多方托人寻找，再也没找到齐霍耶。

这个故事告诫我们：朋友之间应该有一些距离，就像隔着一层半透明的窗户纸看室内，你觉得干净整洁，但一旦捅破这层窗户纸，你就会发现其实屋子里充满了灰尘和污垢，甚至地板上还有垃圾。人与人之间同样如此，每个人身上都有一些或多或少的污点，你只能将它保留在心中，哪怕是双方心照不宣也可以，切记的是，你就是不能说出来。

败在优势上

　　居住在大海边的人喜捕食章鱼，章鱼不但是味道鲜美的海鲜食品，而且是营养非常丰富的珍贵的补品。

　　然而，章鱼是海洋里的一霸，残忍好斗，并不是那么轻易就能被人所捕的。以前，渔民为了捕获章鱼，费尽九牛二虎之力，却收效甚微。后来渔民发现，章鱼是个极其善于隐藏自己的聪明的动物，它喜欢将自己的身体塞进海螺壳里躲起来，等到鱼虾走近时，它会突然变成一个庞然大物，向鱼虾发起猛烈进攻。原来章鱼没有脊椎，它的身体非常柔软，几乎可以将自己塞进任何它想去的地方，甚至可以穿过一个硬币大小的洞。渔民们发现了章鱼的这一特点后，想出了一个巧妙的法子，轻而易举地就能将它捕获。渔民们把一个个小瓶子用绳子连在一起沉入海底，章鱼见到了这些晶莹剔透、光滑可爱的小瓶子，好像见到了护身符一般，都争先恐后地往里钻，不论瓶子有多么小、多么窄，它们总是向着最狭窄的路越走越远，最后走进了死胡同。就这样，渔民们不费吹灰之力，就把一条条章鱼捕捉到手。

　　章鱼本是海洋一霸，为什么却这样被人轻易地捕获？细细思之，章鱼的悲哀在于，它不是败在自己的短处上，而是败在自己的优势上，正是这身体柔软无孔不入的优点，囚禁了自己，葬送了生命。

　　其实，在我们的生活中，常见这样的事。有时，战胜我们的不是强大的竞争对手，而是自己的"传统优势"。一些不大会游泳的人往往淹不

死，而淹死的人多半是一些比较会游泳的人；兔子不知要比乌龟跑得快多少倍，没想到比赛时反而败在了乌龟面前……可见，短处能给我们提醒，而优势却常使我们忘乎所以，与成功失之交臂。

把缺点当卖点

纵观时下的商品广告，大多是回避缺点展示优点，通过优点来激起消费者购买的欲望。可是有些聪明的商家却另辟蹊径，把缺点写进广告中，把缺点当卖点，同样收到了不错的营销效果。

1934年美国的克莱斯勒公司生产了一种甲壳虫轿车。当时人们对轿车的审美标准是车型要稍大，车身要稍长，且为流线型。而甲壳虫轿车的缺点是短小扁狭，与当时人们的观念和消费潮流格格不入。克莱斯勒公司大胆决定，不回避缺点，直接用缺点这个主题面对公众。他们在缺点之中挖掘优点，打出一则广告："本公司生产的甲壳虫轿车就是小，可是它停车容易，保险费用低，维修成本低，并且价格便宜，马力小，油耗低，简单实用，性能可靠。"结果，这则广告激发了很多爱车一族的共鸣，甲壳虫的销路一下打开了，其后长盛不衰。

武汉有家房地产公司，在城乡结合部建起了几栋商品房。这儿建房的最大缺点是离城区太远。如果极力回避这一缺点，反而会给消费者一种"不诚实"的坏印象。公司几经思索，决定就拿这一缺点当作卖点，主城区尽管繁华热闹，但空气质量显然没有城乡结合部好，于是他们打出了这样一句广告词："离尘不离城。"同样激起了消费者的购买欲，所有的房子全部售完。

上海有家生产蔬菜水果榨汁饮料的公司，生产的饮料中，总有一种沉淀物难以清除干净，稍稍摇动瓶身，这些沉淀物就会漂浮在其中。公司也很聪明，直接把这一缺点拿出来作为宣传口号，他们打出的广告词是："我们的饮料是由三种蔬菜水果榨制而成，饮料中如有沉淀，为果肉，请你喝前摇一摇。"让消费者真真切切看到那些沉淀物就是蔬菜水果粒。结果消费者都放心购买。

苏轼有诗云："横看成岭侧成峰，远近高低各不同。"如果换一种角度来看，缺点也许就是特点，也许就是优点。有时只要我们让思维转个弯，就会发现"缺点"中蕴藏的"特点"和"优点"。世界上没有完美的产品，即使是目前最畅销的产品也或多或少地存在着一些缺点，只要我们敢于正视缺点，站在消费者的角度来考虑问题，就能挖掘出缺点中的商机，就一定会出现"柳暗花明又一村"的惊喜。当然，把缺点当卖点不是拐着弯忽悠消费者，而是一种营销的策略与智慧。因此，作为商家一定要诚实守信，不搞欺诈，这样才能真正受到市场的欢迎，赢得消费者的认同。

苦是甜的前奏

我国当代国画家和美术教育家李苦禅不仅书画双绝，在教子上也堪称典范。

李苦禅的儿子名叫李燕。在父亲的耳濡目染下，李燕13岁那年提出，

要跟随父亲学习绘画。李苦禅高兴地答应了儿子的要求。可是李燕学了几天后，感觉到看似轻松风光的一件事，却藏着很多苦和累，每天挥笔练习，腰站疼了，手写软了，脖子低酸了，眼睛盯胀了。于是，李燕跟父亲说想放弃练习。李苦禅问儿子："你爱不爱绘画？"李燕回答说："我爱，但太辛苦了。"李苦禅问这话的目的是，如果儿子不爱这一行，绝不逼他去学，但如果爱，就得把儿子怕吃苦的念头打消。李苦禅知道，一个13岁的孩子，跟他讲大道理恐怕行不通。李苦禅略一思索，有办法了。儿子爱吃李子，李苦禅到街上买回了很多又大又红的李子。儿子津津有味地吃了起来。待儿子吃了几个后，李苦禅问："说说看，李子甜不甜？"儿子马上又拿起一个李子咬了一口后说："甜，真甜。"李苦禅慈爱地望着儿子说："把你嘴里这个李子吃完后，核不要扔掉，交给我。"

儿子几口吃完后，吐出了李子核递到了父亲手上。李苦禅接过李子核，转身到室内拿来一把铁锤，当着儿子的面砸破了李子核，然后拾起一小块递给儿子说："把它吃下去。"儿子听话地放到了嘴里咀嚼开了，还没嚼两口就紧皱眉头地全部吐了出来，边吐边说："怎么这么苦啊？"这时李苦禅递给他一杯漱口的水，让儿子把苦味漱掉后，才语重心长地说："燕儿呀，你只知道大红的李子好吃，但你知道吗，它当初就是这样一枚苦核成长起来的。有个道理爸爸想让你明白，一个人的人生经历其实就跟这一枚大红李子一样，在学习成长的过程中会布满了艰辛和苦涩，这时再苦你也不能怕，因为这是人生必经的阶段，苦过了之后，就能摘得成功的甜美果实了。苦是甜的前奏，甜是苦的回馈，小苦核能结出大甜果。千万不要让小苦核压弯了眉、压弯了腰，要知道，每一枚小苦核都孕育着一枚大甜果，只要不断努力，吸收阳光、吸收雨露、吸收天地的精华，小苦核终将有一天会结出丰硕的大甜果！"

李燕听懂了父亲的话，也明白了父亲让他尝苦核的良苦用心。接着，李苦禅趁热打铁地告诫儿子："想学绘画，必先有人格，然后才有画格；人无品格，下笔无方。干艺术是苦差事，喜欢养尊处优不行，怕苦，是不行的。"李燕使劲点头。

从此，李燕每天在父亲的指导下，刻苦练习，不怕风吹日晒，不畏跋山涉水，长期坚持野外写生，有时外出一画就是一整天，只带块干粮，带点水，就算一顿饭。

功夫不负有心人，李燕最终青出于蓝而胜于蓝，成为了以画猴享誉一方的知名画家、教授。

第四辑

天天向上

只问了三个问题

中央电视台《艺术人生》节目专访了杨澜。主持人朱军问杨澜："在你成长的过程中，一定有很多让你终生铭记并感谢的人，你是否能告诉我们你最感谢的人是谁呢？"杨澜没做任何思考就脱口而出："打我记事起，给我帮助，给我教育，给我机会的人的确很多，但我最感谢的人还是我父亲。"接着，杨澜和主持人聊起她的父亲。

杨澜的父亲名叫杨鑫楠，是北京外国语大学英语学院教授。杨父一生桃李满天下，在他的学生中，有商界成功人士，有军界高级干部，有省部级政府官员。这些学生毕业以后一直与杨父保持着深厚的师生情谊。

1986年，杨澜考取了父亲任教的北京外国语大学。大学毕业这年，很多学生都在跑关系找路子，希望分配到一个好单位。可是杨澜并不急，因为她知道，凭父亲的关系，随便给他的某一个学生打个电话，就会有一份好工作。毕业后，刚开始杨澜并没有找父亲，她自己拿着简历去找单位，可是十多天里，连跑了多家单位也没有找到满意的工作。杨澜泄气了，她只好去找父亲帮忙，没想到父亲说："女儿，请原谅，这个忙我帮不上。"杨澜问父亲："你怎么帮不上啊，这件事对你来说是举手之劳，你就不能给你的那些学生打个电话，找点关系？"父亲说："实话告诉你吧孩子，这个电话我是不会打的，这个关系我也是不会找的。"

接着父亲连续问了杨澜三个问题："你是不是大学毕业了？你是不是接受了很好的教育？你是不是成年了？"

　　杨澜接连点了三下头。父亲看着杨澜的眼睛说："你大学毕业了，你接受了很好的教育，你成年了，这说明什么？这说明我们做父母的责任已经尽到了，我们该放手了，我不可能帮助你一辈子，剩下的就靠你自己了。记住：路，还是要靠你自己走。"

　　父亲的话斩钉截铁，没有给杨澜半点希望，但激发出了杨澜倔强性格中的自信和闯劲。正是因为父亲的放手，杨澜才重振精神，以一股不达目的誓不罢休的劲头，闯出了一片新天地。1990年，她凭着过硬的基本功脱颖而出，成了中央电视台《正大综艺》节目的主持人。此后，杨澜一路进取，不断超越自己。1993年，获得中国首届主持人"金话筒奖"；1997年，当选为哥伦比亚大学国际关系学院校董，并加盟凤凰卫视中文台；1998年，推出访谈节目《杨澜工作室》；1999年，任阳光文化影视公司董事局主席；现任阳光媒体投资控股有限公司主席，持有11家公司的股份。

　　杨澜成功了。

　　节目最后，朱军用了这样一段话作结："其实，有一种爱叫放手。做父母的要睿智一点儿，不要让孩子成为父母庇护下的柔弱花草，要放手让孩子去闯，去经风雨见世面。只有这样，一棵小树苗才能锻炼成长为独立于世的参天大树。"

黑暗中托起肖邦

　　波兰作曲家、钢琴家肖邦，从小就表现出非凡的艺术天赋，6岁时开始学习音乐，7岁时就能谱曲，8岁时就能登台演奏钢琴。可是生不逢时，20岁那年，肖邦参加了波兰人为驱逐德军而发动的华沙起义，然而起义不幸失败。为了躲避反动当局的追捕，肖邦只身流亡到了法国巴黎。此时的肖邦虽然才华出众，但空有大志而无处施展。在巴黎定居下来后，为求生计，他托朋友帮忙，谋得了在一所中学教书的差事。由于报酬较低，生活贫困，处境落魄艰难。

然而，肖邦不改对音乐的执着追求，有空就练习心爱的钢琴。一天晚上，肖邦正在租住屋内演奏一首舒缓的小夜曲，那优美的旋律随风飘荡，让很多路人也停下脚步欣赏。也许是冥冥之中要遇贵人，恰好匈牙利著名钢琴家李斯特路过这儿，当时的李斯特在巴黎上流文艺沙龙中已是闻名遐迩的钢琴王子。两人一见如故，大有相见恨晚之感。李斯特对肖邦的演奏才能大为赞赏。肖邦向李斯特倾诉了目前的处境和自己的音乐抱负，并当场拜李斯特为师。李斯特当即决定，一定要想方设法帮助这个才华横溢的年轻人，无论如何不能让这个音乐人才埋没。

然而，在当时的巴黎，想要让一个默默无闻的外国人脱颖而出，还真是一件难事。李斯特把肖邦介绍给了好几个音乐团体，但都被以种种冠冕堂皇的理由拒绝了。

怎样让法国民众认识并认可肖邦的演奏才能呢？李斯特一直在思索这个问题。恰好李斯特的个人演奏会即将开演，李斯特突然眼睛一亮，他有了主意。

演奏会那天，盛况空前，拥有2000多个座位的巴黎大剧院爆满。帷幕徐徐拉开，李斯特一出场，台下就掌声雷动。明亮的灯光下，风度翩翩的李斯特身着燕尾服向观众鞠躬致意后，就转身坐在钢琴前，摆好演奏姿势。

那时的钢琴演奏会有个不成文的规定，演奏开始要把剧场的灯熄灭，以便观众能够聚精会神地倾听演奏。灯熄了，剧场寂静无声，人们屏息静气闭上眼睛，准备享受李斯特带来美妙的音乐。

琴声响了，咚咚的琴声时而如高山流水，时而如夜莺啼鸣；时而如诉如泣，时而如歌如舞；琴声激昂时，剧场内便响起掌声；琴声悲切时，剧

场内又响起抽泣声，观众完全被那美妙的音乐征服了。

演奏结束，人们跳起来，兴奋地高喊："李斯特！李斯特！"可灯一亮，大家傻了。观众看到钢琴前坐着的根本不是李斯特，而是一位眼中闪着泪花的陌生的年轻人。他就是肖邦！

原来，李斯特在熄灯之后，就让肖邦过来代替自己演奏。

当观众明白刚才的演奏竟出自面前这位年轻人之手后，惊奇、惊愕、惊喜！他们为又一位天才的音乐新星的升起而欢声雷动。很多人涌上台来献花，连在场观看演出的巴黎市市长也上台来与肖邦热烈拥抱。

第二天，巴黎的各大媒体争相报道。肖邦一夜之间名满天下。

请付500法郎将画取走

法国现代著名画家郁特里罗擅长人物肖像画，用写实的笔调画谁像谁，不知情的人会以为是拍摄的照片。一段时间，在家中显要位置悬挂自己的肖像画成了一种时尚，法国上流社会有权有势有钱的人，以得到一幅郁特里罗的亲笔肖像画为荣。

有一个长相很丑陋的法国贵族哈多姆伯爵，也想附庸风雅，请郁特里罗给他画一幅肖像画。哈多姆伯爵坐在郁特里罗指定的位置上，郁特里罗注视了哈多姆伯爵一会儿后，就埋头画了起来，中间不时抬头看看哈多姆伯爵后又接着画。郁特里罗画得很认真很投入，一个多小时后，肖像画完成了，惟妙惟肖，连哈多姆伯爵眼角的一块小疤痕也画了出来。郁特里罗将画像递给哈多姆伯爵说："请付100法郎！"可是哈多姆伯爵接过肖像画看了一会儿后，很不满意，说画得不像他本人，拒绝付款取画，还当面羞辱郁特里罗，说他是个徒有虚名的伪画家。

郁特里罗并不生气，而是笑眯眯地说："伯爵先生，你确认这幅画像不是你吗？"

哈多姆伯爵说："我当然确认不是我！"

"那好吧，请你在画的反面签上一句话：这幅肖像画不是我哈多姆伯爵本人。"郁特里罗递上一支笔给哈多姆伯爵。哈多姆伯爵毫不犹豫地签上了这句话后，气哼哼地走了。

第二天，哈多姆伯爵收到了一封信，信上是这样写的："尊敬的哈多姆伯爵，有一件事想与您商量，我们城市的一个马戏团准备举办一个世界上最丑陋的人的画像展览，马戏团看中了昨天我给您画的、您说不是您的那幅肖像画，愿出500法郎买走。如果您真的认为那不是您的话，我就出手了。如果您改变了主意的话，请付500法郎将画取走。"

哈多姆伯爵收到信后的当天下午就赶到郁特里罗家如数付款后将画取走了。

做一棵不倒的树

孟非与崔永元一起摘得了第九届中国电视金鹰奖"最佳主持人"奖后，湖南卫视记者采访了孟非，请他谈谈成长的经历和一路走来最值得铭记和感谢的人。孟非说："在我的成长道路上要铭记和感谢的人很多，但我觉得最应该铭记和感谢的人是我的父亲！"

接着孟非讲述了他的人生经历和父亲开导点悟他的故事。

1989年孟非高考落榜后，先是幻想南下淘金，结果四处碰壁，一个

多月后才终于在一家物流公司谋到了一份搬运工的差事。干了半年后嫌工资太低，他又回到南京在一家报社做印刷小工，随后又转行做过送水工、保安。1993年又自主创业开了一家小型超市，不到一年因经营管理不善而关闭。1994年恰逢江苏电视台招聘员工，孟非应聘上了。他满以为会成为一名出镜记者或节目主持人，可是台领导却安排他做一名临时接待员，专门负责端茶倒水接电话的工作。每天做这些毫无技术含量的伺候人的杂务事，孟非心情郁闷，总有一种失败的感觉堵在胸口。那段时间孟非心情低落到了极点。

这天恰逢月末，台里给孟非放了两天假。孟非回家看望父母。孟非的父亲是南京市园林局的一名职工。前几天南京市刮了一场飓风，街道上很多行道树被吹倒了，父亲和工友们正在做着锯掉断树，扶正被风吹斜了的树的工作。晚上孟非向父亲倾诉了自己的苦恼，他对父亲说："台里没有重用我，我感觉我一直处在失败的境地中没有站起来过。"

父亲没有多说什么话，只是对他说："明天随我一起去扶树吧。"

第二天，孟非随父亲到街道上去扶正那些倒斜的树。孟非发现父亲和工友们对待倒斜的树，不是就地扶正，培土夯实，而是先将靠近树干下部的一些大的枝叶锯掉，然后再将树推正培土固定。

孟非不解，问父亲："树靠的就是枝叶的光合作用，可是你们却将树的枝叶都锯掉了，还让它怎么成活？"

父亲和工友们笑了，父亲说："锯掉一些枝叶，表面上看起来是对树的伤害，其实恰恰相反，我们锯掉一部分枝叶，树的养分就会集中在那些剩余的枝叶上，树的成活率反而会更高一些。再说，锯掉一些枝叶后就会使树的重量减轻，易于扶正；要是再刮风的话，就不会再次被风吹倒了。"

听了父亲的话，孟非突然感觉眼前一亮，心中豁然开朗。他一下子明白了父亲带他来扶树的原因。孟非对父亲说："爸，我明白了。"

父亲说："你明白了什么？说来听听。"

孟非说："我以前就像这棵歪倒的树，要想重新站起来，站得又直又稳，就必须要有勇气抛掉一切不必要的浮华和累赘，从头再来。"父亲微笑地看着孟非直点头。

孟非回到单位后，扎扎实实地从底层做起，从小事做起，渐渐地提高了能力，积累了人脉，逐步由勤杂工变成记者，编导，一级主持人，直至主持《非诚勿扰》而名满天下。

孟非最后说："在职场要不怕低谷，不怕失败，抛掉外在的浮华和功利，做实实在在的人，扎稳根基，你就会升华成为一棵不倒的树，就会有成功的那一天。"

最后一分钟来访的客人

1928年，英国细菌学家亚历山大·弗莱明发现了青霉素，但他却无法解决青霉素的浓缩提纯问题，导致青霉素不能大量生产。1935年，英国病理学家弗洛里和侨居英国的德国生物化学家钱恩合作，重新研究青霉素的性质、分离和化学结构，在经历了311次实验后，终于解决了青霉素的浓缩提纯问题。青霉素可以开始大量生产了。当时正值二战时期，青霉素的大量上市，拯救了千百万伤病员，成为第二次世界大战中与原子弹、雷达并列的三大发明之一。

1945年，弗莱明、弗洛里和钱恩三人因青霉素的重大贡献同获诺贝尔生理学和医学奖。

颁奖当天，英国著名纸媒《世界新闻报》记者费哈尔采访了他们。弗

洛里作为代表回答了记者提出的三个问题。

第一个问题："在311次实验中哪一次实验使你感到最痛苦？"

弗洛里回答："当然是第310次失败的这回。"

第二个问题："那么，哪一次实验又使你感到最欢乐呢？"

弗洛里回答："当然是第311次成功的那一回呀！"

第三个问题："在青霉素技术发明的实验中，你体会最深的又是什么？"

弗洛里回答："我最深刻的体会是：在实验中，当我最痛苦的时候，也就临近了最欢乐的时候。"

费哈尔以《最后一分钟来访的客人》为题，报道了采访内容，文章最后写了这样一句耐人寻味的话："最困难的时候，就是我们离成功不远的时候，因为成功往往是最后一分钟来访的客人。"

布政使巧点张之洞

与曾国藩、李鸿章、左宗棠并称晚清"四大名臣"的清代洋务派代表人物之一的张之洞，因官居高位，又满腹经纶，所以一向自命清高，对僚属多不放在眼里，失礼之举时有发生。僚属虽然心存芥蒂，但又都无可奈何，敢怒不敢言。

有一位姓肖的布政使对张之洞的这种做派大为不满，多次想指出张之洞的这一缺点，但自己是张之洞的下级，又不便直言犯上。

于是他想了一个巧妙的点拨办法。

一天，肖布政使又去总督府拜见张之洞。谈完公事之后，他向张之洞告辞。按清朝官场礼仪规定，总督在送布政使这一级别的官员时，应该送至总督府前的仪门，而张之洞每次总是只送出门厅就停步了。当然这天他送肖布政使依然是到门厅就停下准备转回。肖布政使回头看了看停下的张之洞，故作神秘地说："请大人多走几步，下官还有几句重要的话要告诉你。"张之洞一听布政使还有重要的话要说，就迈出了门厅又陪着肖布政使走了一段路。可是走了半天，却没听到肖布政使开口说话。这时两人已走到仪门，张之洞不耐烦地问道："你不是有话对我说吗？"肖布政使严肃地说："我的确有重要的话要说，这是关乎朝廷礼仪是否丧失的重大问题。我只想告诉大人，按照礼仪制度，总督应该将布政使送到仪门，现在大人既已按规定把我送到仪门，就请你留步吧。"肖布政使说完长揖施礼而去。

张之洞一听，虽然很不悦，但又不好发作。回转的路上张之洞琢磨着肖布政使的话，终于醒悟到了，自己身为总督，的确各方面要起带头作用，不能做有损于朝廷礼仪的事。从此以后，张之洞转变了作风，严格要求自己，以友好的态度对待僚属，受到了僚属们的称赞。

启功大师的签名

凤凰卫视专访了中国当代著名书画家、国学大师启功的孙子章正。章正讲述了他的祖父启功大师的一段鲜为人知的故事，让人们再一次感受到了大师的宽广胸怀。

有一年，启功大师乘火车去上海书画院做学术讲座。火车上一名乘务员认出了他，这名乘务员是个书法爱好者，他最崇拜的人就是启功大师。

乘务员有一个最大的愿望就是想得到启功的亲笔题名。可是启功一向低调为人，很多想索取他签名的人都没有如愿。怎样才能得到大师的签名呢？乘务员在车厢里连走了两个来回后，终于想出了一个点子。

　　一会儿，乘务员来到启功的软卧车厢开始查票。趁启功没注意，他将一把撕碎的纸片撒在了启功的床头，然后装作不认识启功的样子说："先生，你怎么随地乱扔垃圾呢？"

　　启功说："没有啊，我很爱护卫生的。"

　　乘务员指着地上的纸片说："这不就是你刚才扔的吗？"

　　启功一看也莫名其妙，他刚刚上床睡觉时地上还干干净净的，怎么突然会冒出这么多纸片？

　　于是启功解释说："乘务员同志，的确不是我扔的……"

　　"这个软卧只有你一个人，不是你还有谁？"乘务员佯装生气地打断了启功的话。

　　启功一向光明磊落，宁折不弯，他义正词严地说："太过分了，你怎么能不做调查研究就主观臆断地下结论呢？请把你们的意见本拿来，我要投诉！"

　　乘务员心中暗喜，马上从怀里掏出早已准备好的签名簿，双手递给启功。启功奋笔疾书了自己的意见，并签上了自己的名字。

　　乘务员"诡计"得逞后，马上清扫干净了地上的纸片，并向启功道歉，如实讲明了自己的"骗局"。他以为启功会大发雷霆，要回签名簿撕掉，然而，启功只是拍了拍脑门，然后宽容地笑了起来。启功和蔼地说："小伙子，很聪明，很有鬼点子。能告诉我你的名字吗？"

　　乘务员激动地写下了自己的名字和地址、电话交给了启功。

　　启功讲完学回到北京后，将这名乘务员推荐给了一家广告策划公司。乘务员果然不负所望，如鱼得水，连续做了几个极其成功的广告策划，取得了令人瞩目的成绩。

节目结束时，主持人说了这样一段话："启功大师的宽容和善良让他有了伯乐的眼光，这是一种爱，就如同冬日里的阳光，具有润泽生命的力量。大师的风范值得我们永远铭记和学习。"

善念是腾飞的翅膀

美国著名的希尔顿大酒店前不久正式登报声明：将酒店名称改为乔治·波特大酒店。以此纪念该酒店的第一任总经理乔治·波特逝世20周年。

乔治·波特本是美国爱达荷州一个名叫博伊西的小城的一家旅馆的服务生，是什么让他赢得这样的荣耀呢？

这得从一个风雨交加的晚上说起。这天乔治·波特正在旅馆值班，门外进来了一对步履蹒跚的老夫妻，他们想要一个房间在此休息一晚。可是旅馆已经客满了，一间空房也没有。

当看到两位老人转身离开时的失望和疲惫的神情时，乔治·波特望了一眼风雨大作的窗外，心中的善念一动，他决定要帮助两位老人。乔治·波特叫回了那两位老人，带他们来到了旅馆最东边的一个小房间里，安排他们住下。

第二天，当两位老人来到前台结账时，乔治·波特说："老人家，不用给钱了，昨天您住的房间并不是饭店的客房，是我把自己的宿舍借给你们住了一晚。所以我们不会收您的钱的，只要你们昨晚休息好了，我就放心了。"

两位老人这才弄明白，他们昨晚睡的是眼前这位年轻人的私人宿舍。这位年轻人让出了自己的屋子，自己却一晚没睡，就在前台值了一个通宵

的夜班。两位老人十分感动。老头儿说："小伙子，你是我见到过的最好的旅店经营人。你会得到报答的。"乔治·波特笑了笑，说："老人家，这算不了什么。祝你们旅途愉快！"

乔治·波特送两位老人出了门，转身接着忙自己的事，很快把这件事情忘了个一干二净。

没想到两个月后的一天，乔治·波特接到了一封信函，打开一看，里面有一张去纽约的单程机票并有简短的附言，聘请他去做另一份工作。乔治·波特乘飞机来到纽约，按信中所标明的路线来到一个地方，抬眼一看，一座金碧辉煌的大酒店耸立在他的眼前。原来，两个月前的那个深夜，他接待的是有着亿万资产的美国著名富翁威廉·阿斯特和他的妻子。威廉·阿斯特特地为乔治·波特买下了这座名叫希尔顿的大酒店交给他管理，威廉·阿斯特说："我深信你会经营管理好这个大酒店。"

果然，在乔治·波特的用心经营管理下，希尔顿大酒店迅速成为纽约极致尊荣的地位象征，成为各国的高层政要造访纽约时下榻的首选。

在乔治·波特的心里有一个叫作善念的宝贵的东西，善念给他插上了腾飞的翅膀，帮助乔治·波特实现了从一个打工仔到总经理的华丽的转身，也让他赢得了人们永远的尊敬和纪念。

职场别耍小聪明

古巴著名纸媒《每日星报》曾报道了一则耐人寻味的真实故事。故事的主人公名叫切·巴格拉，他是古巴首都哈瓦那一家国营保险公司的职员，平时有空喜欢研究法律。切·巴格拉在琢磨了一番古巴的法律后，决定钻一次法律的空子，借以合理合法地捞上一笔钱。切·巴格拉特地在哈瓦那极品雪茄专卖店，买了一盒24根装的最为昂贵的雪茄，然后，找到一家私营保险公司的老板斯卡尔，要给这盒极品雪茄投保一份火险。斯卡尔接受了切·巴格拉的投保。切·巴格拉在缴纳了5万比索的保险费后，拿到了投保合同。投保合同上注明："保险公司保证赔偿任何火险，如果这盒雪茄因任何火险烧毁的话，斯卡尔必须赔偿切·巴格拉20万比索。"

切·巴格拉在投保后，每天优哉游哉地吸上一根，24天后把这盒极品雪茄抽完了。切·巴格拉拿着保留下来的24个烟蒂，向斯卡尔的保险公司提出赔偿要求。

斯卡尔拒绝赔偿。

于是切·巴格拉按计划将斯卡尔的保险公司告上了法庭。在申诉中，切·巴格拉振振有词地说，他的雪茄是在"一连串的小火"中受损的。斯卡尔的保险公司的反驳理由是：切·巴格拉的雪茄是他自己吸完的，是以正常的方式抽完雪茄的，并非因火灾烧毁。切·巴格拉说，按照合同规定必须无条件赔偿，他接着出示了证据：保险公司同意承保的保单。切·巴格拉说："合同上白纸黑字写得明明白白：保险公司保证赔偿任何火险，这盒雪茄难道不是在一连串的小火中烧完的吗？你的保单中并没有明确指出何类'火'不在保险范围内呀。因此，按合同规定必须赔偿。"

结果，法庭认同了切·巴格拉的说法，判决切·巴格拉胜诉。

斯卡尔不服判决，本来想上诉，但在仔细思索之后，突然有了一个出其不意的办法。于是斯卡尔接受判决，当庭赔偿给了切·巴格拉20万比索的雪茄"火险"。

切·巴格拉吹着口哨走出法庭，马上喜滋滋地跑到银行将支票兑成了现金。可是，极具戏剧性的是，切·巴格拉还没有将钱提回家，斯卡尔就报警将他逮捕了，罪名是涉嫌24起"纵火案"。随后的庭审毫无悬念，法庭依据切·巴格拉先前的申诉和证词，以"蓄意烧毁已投保之财产"的罪名给切·巴格拉定了罪，判决结果，切·巴格拉入狱服刑24个月，并处以

30万比索的罚款。

职场别耍小聪明，聪明反被聪明误。切·巴格拉搬起石头最终砸了自己的脚的故事告诫人们：君子爱财，取之有道。职场中人还是要摆正自己的良心，做好人，做好事，这样你才能成就自己。

谦虚是把双刃剑

中国教育电视台《职来职往》节目中，现场面试官刘同曾讲过这样一个故事。

刘同有个朋友，在一个大公司任职，朋友是一个工作能力和交际能力都很强的人，老板很赏识他，几年后就由一个普通员工升到了中层主管。好几个公司想以高薪挖走他，他都不为所动，每天快快乐乐地工作，从没听他说过什么抱怨的话。可有一天，刘同见他愁眉不展，唉声叹气，经过交谈了解，刘同得知朋友的公司对他很不公平，才导致朋友郁郁寡欢。

事情的经过是这样的：朋友公司的一个副总经理跳槽走了，空出的这个位置，在大家的心目中，朋友的资格最老，对公司的贡献也最大，很明显这个位置应该是他的。可是最后的结果却出人意料，一名来公司不到三年比他职位还低的中年人，向老板毛遂自荐后，坐上了副总的位置。

朋友说："老板一直很看好我，说要给我压担子提升我，怎么到了关键时刻，说话却不算数了呢？"

刘同也觉得不可理解，就问朋友："这之前老板找你谈过，说过要让你当副总的话吗？"

朋友回答说："当然找过我，老板说，公司缺个副总，不知你有没有兴趣挑起这个担子？"

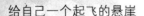

"你怎么回答？"朋友说："我怕我能力不足让你失望。"刘同一听很惋惜地说："你真糊涂啊，老板这是在试探你，你怎么不及时抓住时机，向老板表明你需要这个职位的愿望呢？"朋友说："我这不是在老板面前表示谦虚吗？"

几天后，朋友找老板说起了此事，老板瞪大了眼睛看着他说："我那天找你谈话时，你表现出一副对这个职位无所谓的样子，我以为你根本没兴趣呀！"

这个故事对我们职场打拼的朋友很有启示。谦虚作为一种含蓄的智慧，当然是必要的，但善于正视自我、表现自我更是重要的。谦虚一旦过了度，往往会适得其反。在职场上，面对抉择，要知道何时应该谦虚、何时应该张扬，像熬中药一样，掌握谦虚的火候，从而灵活应对，游刃有余，促使自己快速达到个人发展的巅峰。

学做跪射俑

在秦始皇陵兵马俑博物馆有一件"镇馆之宝"，它就是被人们称为兵马俑中的精华、中国古代雕塑艺术杰作的跪射俑。初入职场的新人不妨先去看看它。

据该馆宣传资料介绍，秦兵马俑坑至今已出土清理各种陶俑1000多尊，除跪射俑外，皆有不同程度的损坏，需要人工修复。而这尊跪射俑是保存最完整的、唯一一尊未经人工修复的。仔细观察，就连衣纹、发丝都还清晰可见。跪射俑何以能保存得如此完整？文物专家通过仔细研究找到了答案，这得益于它的低姿态。首先，兵马俑坑都是地下道式土木结构建筑，当棚顶塌陷、土木俱下时，高大的立姿俑首当其冲，低姿的跪射俑受

损害就小一些。其次，跪射俑作蹲跪姿，右膝、右足、左足三个支点呈等腰三角形支撑着上体，重心在下，增强了稳定性，与两足站立的立姿俑相比，不容易倾倒、破碎。因此，在经历了两千年的岁月风霜后，它依然能完整地呈现在我们面前。

由跪射俑我们不难想到职场生存之道。跪射俑的低姿态能给初入职场的新人很多有益的启示。不可否认，职场新人都有急功近利的心态，都急于想在上司和同事们面前显露自己的才能和实力，盼望尽快得到上司和同事们的认可，因此事事都要争个"先手"，有时甚至还要来个"抢跑"，所以表现得锋芒毕露，其实这是很"危险"的表现。有位老板曾这样告诫职场新人：过早地"崭露头角"是危险的，会很容易使你陷入被动。首先，你将自己定位很高，处处显露自己的才干和见识。这样，上司和同事就会产生一种心理定势，总认为你比别人强。所以，如果你一旦有所闪失，那么人家轻则说你还欠火候，重则落井下石，认为你这是自高自大的最好报应。因此，极其不利于你在职场上的可持续发展，甚至很容易被淘汰出局。

学做职场"跪射俑"吧，像跪射俑一样保持生命的低姿态，躲避不必要的纷争，保全自己发展自己成就自己，这既是一种聪明的职场生存之道，也是人生的一种大智慧、大境界。

换个思路天地宽

20世纪80年代，工艺制品在美国一度很俏销，于是很多人看准这一商机，纷纷投资开办工艺制品公司，最后导致供大于求，很多公司生产的工艺制品卖不出去。于是，为了生存，各公司之间只好互相打起了价格战，纷纷降价出售。但其结果却很糟糕，并没有出现预期的起死回生的效果，销售额依然处于低谷甚至更差，很多公司产品积压，倒闭关门了。

有个名叫宾尼的年轻人，在一家工艺制品公司打工，他们公司同样难逃倒闭的厄运。宾尼是该公司的一名销售员，在多年的推销生涯中积累了丰富的推销经验，他想放开胆子搏一把，于是，他筹措资金买下了自己打工的这家工艺制品公司。工人们以为他要转向生产其他产品，可是出乎大家意料的是，宾尼宣布仍然生产工艺制品。宾尼高薪请来了工艺制品设计大师，重新设计生产了一批新的工艺制品。原公司留下来的一批员工，纷纷向宾尼建议，新产品价格不能定得太高，应该走薄利多销的推销路线。又一次出乎意料的是，宾尼采取了一个截然相反的销售方法：提价销售。宾尼将产品的价格定得远远高于原来工艺品的价格，利润超过了成本的3倍以上。

在那些老员工眼里，这种做法简直离谱得透顶，于是很多员工提出辞职，趁早另谋出路。宾尼没有泄气退却，他新招了一批员工，仍然按他制定的销售策略行事。随后，奇迹出现了，宾尼公司的产品一路畅销，供不应求。宾尼接连收购了几个小公司，5年以后就成了美国最大的工艺品上市公司。

后来，当记者采访宾尼时，问了这样一个问题："当别人都降价竞争时，你怎么敢反其道而行之提价销售？"

宾尼回答说："这就叫出奇制胜。我通过市场调研发现，工艺品的主要消费对象，都是那些富裕阶层的人们，价格不是他们考虑的主要问题，在这类人眼中，很多时候面子比金钱重要，在他们心里，工艺品的价格是与他们自己的身份成正比的，家中摆设的工艺品越是价位高，越能体现他的地位，显示他的富有，抬高他的身份；相反，你越是降价，他越不会来问津。"

宾尼的成功启示我们：出奇制胜并不难，换个思路天地宽。只要我们多调查多了解多思索，知己知彼，大胆决策，就能有走向成功的那一天。

孟非妙语破刁难

　　江苏卫视《非诚勿扰》节目走红后，主持人孟非和评点嘉宾乐嘉（当然还有黄菡）也一起走红，成了人们心目中的两个光头明星。孟非和乐嘉在节目中你来我往的语言交锋也成了《非诚勿扰》节目不可或缺的看点之一。孟非的机敏睿智，乐嘉的幽默雄辩给人们留下了深刻的印象。很多人在微博上进行过假设：假如《非诚勿扰》用新主持人换下孟非，会有什么变化？假如《非诚勿扰》不让乐嘉做点评嘉宾，会是怎样的结果？很多人直接进入《非诚勿扰》官方微博留言，有的说孟非重要，有的说乐嘉重要，有的说他俩在节目中属于黄金搭档，再加上黄菡，就组成了"金三角"，都很重要。

　　网上的议论，他们完全可以置之不理，用孟非在微博里的话说："谁愿意怎么说，那是他的言论自由，但我也有保持沉默的权利。"

　　然而，如果在网下和观众面对面时也这样回答，似乎就不能让人满意了。孟非就曾遭遇到观众这样面对面的一次刁难提问。但孟非凭着他的机敏睿智，巧言破解了刁难。

　　那天，孟非跟随摄制组在上海新世界商厦前现场面试男嘉宾。其中有一个不怀好意的小报记者挤到了孟非面前，要采访孟非。小报记者用麦克风大声地提了一个问题："请问孟非先生，你认为你和乐嘉谁更重要？"

　　这个提问一出，刚才还闹哄哄的现场一下安静了下来，人们都把关注的目光投向了孟非，想听听这位在电视上经常妙语连珠的光头主持人怎样回答。孟非当然明白在这种场合，绝对不能在下面4个选项中做选择题：A孟非更重要；B乐嘉更重要；C孟非、乐嘉都重要；D孟非、乐嘉都不重要。孟非知道无论选哪一项，小报记者都会"抓住一点，不及其余"地大肆炮制花边新闻。

孟非略微停顿后说了这样一句话："我和乐嘉谁更重要，这要看在谁的眼里，在我父母的眼里我更重要，在乐嘉父母的眼里他更重要。"

孟非话音刚落，现场响起了热烈的掌声，掌声中那名小报记者灰溜溜地钻出了人群。

在人际交往中，有时面对刁难，当我们不能从正面直接回答时，最有效的方法就是像孟非一样，从另一个角度切入，既回答了问题又破解了刁难。

萧伯纳妙语化尴尬

厨师难调众人口，一人难称百人心。当有人在大庭广众之下，出言不逊给你难堪时，你该怎么办？是置之不理地沉默，是据理力争地解释，还是暴跳如雷地驳斥？英国现代杰出现实主义剧作家萧伯纳的一段轶事也许能给我们一些有益的启示。

1892年，萧伯纳完成了剧本《巴巴拉少校》的创作，这是他历时一年半的心血的结晶。这天，此剧第一次在英国国家剧院隆重公演。应邀到场的都是社会各界名流，连伦敦市市长也坐在第一排观看。《巴巴拉少校》是一出以救世军为题材，反映贫富不均和劳资冲突等尖锐的社会问题的讽刺喜剧。演出过程中不断被观众发自肺腑的掌声与欢呼声打断，很多观众笑出了眼泪。首演大获成功。闭幕后，观众强烈要求剧作者萧伯纳上台接受他们的感谢和祝贺。萧伯纳上台来了，市长代表民众向萧伯纳敬献了鲜花。很多观众上台来与萧伯纳热烈拥抱，祝贺演出成功。这时，却有一个观众跑上台来，摆出一副挑衅的神情说："萧伯纳，你不要高兴得太早

了，就你这么一个糟糕透顶的破剧本，有谁愿意看啊？真是令我们大倒胃口。就此为止吧，拜托你不要再演第二场了……"

面对这突如其来的非议，在场的观众都瞪大眼睛，吃惊地看着他俩，都为萧伯纳捏着一把汗，他们满以为萧伯纳会气急败坏地还击对方。可是，人们看见萧伯纳只是瞬间怔了一下，很快就面带微笑地向那人鞠了一躬，朗声说道："这位朋友，你好！我总算找到了你这位知音啊。我对我的这个剧本的看法与你一样。可是我俩有不同的意见又有什么作用呢？"萧伯纳随即指着场上的观众说，"你看，他们都不赞成我俩的看法，这叫我俩也没办法啊。"

"这……这……这……"那人一时找不到回答的话语，涨红着脸灰溜溜地跑下了台。

现场响起了经久不息的掌声，观众们为萧伯纳机智巧妙的反驳深深折服。第二天，英国著名的纸媒《星期六评论》报道这则花边新闻，其中称赞萧伯纳的反驳技巧时，用到了一个词：举重若轻。

萧伯纳的这则轶事启示我们：当你遇到别人不怀好意的语言刁难与攻击指责时，最行之有效的方法是，用平和的心态，欲扬先抑，举重若轻地幽他一默，巧妙地化解尴尬。

有梦就能飞起来

我国著名教育家叶圣陶先生曾说："梦想是孩子对自己未来的勾画。"

当孩子不知道自己的未来会是怎样，自己会成为一个什么样的人时，梦想就会跳出来帮助他们。有了梦想，他会觉得世界和人生都是美好的。因此，在家庭教育和学校教育中，理解、尊重、支持、呵护孩子的梦想尤为重要。

美国莱特兄弟发明了飞机，最初的动力就是源于像鸟那样飞起来的梦想。一天，莱特兄弟和父亲一起，赶着羊来到一座山坡上，一群大雁鸣叫着从天空飞过，很快消失在远方。小儿子问父亲："大雁要往哪里飞？"父亲说："它们要去一个温暖的地方，在那里安家，度过寒冷的冬天。"大儿子眨着眼睛羡慕地说："要是我们也能像大雁那样飞起来就好了。"小儿子也说："要能做一只会飞的大雁多好啊！"

睿智的父亲眼睛一亮，他从两个孩子的话语中看到了希望。父亲说："只要你们有这个梦想，你们也能飞起来。"

两个儿子试了试，都没能飞起来，他们用怀疑的眼光看着父亲。父亲说："让我飞给你们看。"于是他张开双臂，学着大雁的样子，但也没能飞起来。但父亲肯定地说："我因为年纪大了才飞不起来，而你们还太小。只要不断努力，将来就一定能飞起来，到那时，你们就可以去任何想去的地方。"

莱特兄弟牢牢记住了父亲的话，并一直不懈地努力着。等到哥哥36岁弟弟32岁时，两人果真飞起来了，因为他们发明了飞机。

美国著名马术师杰克·亚当斯从小也有一个梦想，他想将来拥有自己的农场。杰克·亚当斯的父亲是位马术师，亚当斯求学并不顺利，成绩也不理想。有一天，老师要全班同学以《长大后的志愿》为题写作文。杰克·亚当斯洋洋洒洒写了7张纸，描述了他的宏大志愿：长大后，我想拥有自己的农场，在农场中央建造一栋占地5000平方英尺的住宅，拥有很多很多的牛羊和马匹。

第二天他把作业交上去时，老师给他打了个不及格。亚当斯不解地问老师："老师，为什么给我不及格？"老师回答说："我觉得，你的愿望

是不切实际的。你敢肯定长大后买得起农场吗？你怎么能建造5000平方英尺的住宅？"

亚当斯回家问父亲。父亲语重心长地说："儿子，这是个非常重要的决定。我认为，作文不及格不要紧，但绝不能放弃自己的梦想。"

亚当斯牢牢记住了父亲的话。他没有重写那篇文章，也没有更改自己的志愿，长大后一直不懈地努力，向自己的梦想靠近。20年后，他终于拥有了一大片农场，在这个农场的中央真的建造了一栋舒适而漂亮的豪宅。

其实，梦想就是一个人的信念，它像是一支火把，可以燃起一个人的激情和潜能，让他把梦想变成现实。

记住：永远别让孩子失去梦想。

少走弯路的诀窍

我国著名管理培训专家，美国哈佛大学、英国牛津大学等多所世界著名大学客座教授余世维，应邀到北京一所大学，以"目标与成功"为主题给即将毕业的大学生们演讲。

余世维教授在演讲中与同学们分享了一个故事。

有一位父亲带着三个孩子，到沙漠里去猎杀骆驼。他们到达了目的地后，父亲问大儿子："你看到了什么呢？"大儿子回答："我看到了猎枪、骆驼，还有一望无际的沙漠。"父亲摇摇头说："不对。"父亲又用相同的问题问二儿子。二儿子回答说："我看到了爸爸、大哥、弟弟，猎枪、骆驼、还有一望无际的沙漠。"父亲又摇摇头说："也不对。"父亲又用相同的问题问三儿子。三儿子回答说："我只看到了骆驼。"父亲高兴地点点头说："答对了。"

接着父亲把三个儿子召集到身边说："在猎杀骆驼之前，我们先来玩一个游戏。"并告诉他们游戏的规则，"我待会儿站在离你们300米远的地方，等我发出信号后，你们就从这儿开始向我那儿跑，谁留在沙漠上的脚印最直，谁就是这场比赛的胜利者。"父亲扬了扬手里精美漂亮的新猎枪，"谁赢得胜利，就奖给谁这杆高级猎枪。"

比赛开始了。父亲发出了信号，三个儿子一字排开同时起步。大儿子从迈出的第一步开始，眼光就紧紧地盯着自己的双脚，以确保自己的脚印更直；二儿子一直在左顾右盼，观察着哥哥和弟弟是如何做的；三儿子最终赢得了这场比赛，因为他的眼睛一直盯着站在对面的父亲，结果他的脚步最直。三儿子理所当然地赢得了那杆新猎枪。

最后，余世维教授告诉同学们："一个人在职场中若想走上成功之路，首先必须要有明确的目标，目标一经确立之后，就要心无旁骛，集中全部精力，向着目标勇往直前，不达目的誓不罢休。而要让我们在向目标迈进的途中少走弯路，诀窍只有一个：将眼光坚定不移地聚焦在目标上，你才会少走弯路，你与成功的距离也会大大缩短。"

拿鸡毛当令箭的职场智慧

"鸡毛"是没用的东西，而"令箭"是可以凭借它发号施令的重要的东西。后来，人们用"拿鸡毛当令箭"这句俗语形容一个人把上司的一些无关痛痒的命令，小题大做地当作很重要的事情去做。现实生活中"拿鸡毛当令箭"这句话似乎含有一些贬义，但如果用在职场中，却是一种很有

效的职场智慧。

　　小高大学毕业后到一家公司打工，职务是行政助理，每天的主要任务就是负责公司的会场布置，接待客户，安排客户的餐饮住宿等，有时很清闲，一整天都没什么事做。一天，公司经理受邀要在下周一去参加本市的一个行业内部交流会，可是周一这天又有一个极其重要的事情必须要他去处理，刚好这时小高到经理的办公室送纯净水，经理吩咐小高说："下周一有个行业内部交流会，你就代我去参加一下吧！"

　　这类会议说穿了也就是说说场面话走走过场，根本用不着动什么脑筋去记什么。小高接受任务后，就"拿着鸡毛当令箭"，在双休日两天的时间里，泡在电脑上查阅资料，认真准备，精心制定了一些合理化的建议。轮到他代表经理发言时，小高提出了很多极具实用价值的好建议，得到了与会者的一致肯定和称赞，好几条建议还被这次会议制定的新的行业章程采用。后来，好几家与会的老总都在小高的经理面前说强将手下无弱兵，夸奖小高素质高有头脑。经理听后非常高兴，他没想到，小高居然把他的话当作"令箭"，"小题大做"地去实施，给他和公司争得了美誉。几个月后，公司在外地开设了分部，经理在考虑分部经理的人选时，第一个就想到了小高，小高上任分部经理去了，从此在职场更加大显身手。

　　还有这样一个事例。小刘在一家大型蔬菜超级市场打工，一天，老板吩咐他："你现在到集市上去走一趟，看看有没有卖土豆的。"按说老板吩咐的这个任务很好完成，按我们的常规做法是，马上去集市看一看有没有卖土豆的，有，就回复老板有；没有，就回复老板没有。可是小刘却不是这样，他把老板的这句话当作了"令箭"。小刘来到集市上后，仔细观察询问并记录，然后这样向老板汇报："到现在为止只有一个农民在卖土豆，一共40袋土豆还没卖完，他的土豆的零售价是每斤2元，如果整袋购买便宜3角，每斤只需1元7角。土豆质量很不错，瞧，我这里还带回了一个，请老板看看。另外经询问，这个农民一个小时后，还会弄来几箱西红柿，准备以每斤1元5角的价格零售，如果多购买还可以让利。我们超市的西红柿昨天的进价是每斤1元6角，我们是否可以考虑全部买下他的西红柿？如果老板有此意，我马上叫这位农民进来，他现在就在外面等着回话呢。"

老板一听，大喜，直夸小刘机灵会办事。后来把小刘提升为了超市主管。

上述两个事例中，小高和小刘为什么能很快得到提升？因为他们认真对待上司分派的每项工作，以"拿鸡毛当令箭"的态度，把工作做得尽善尽美。

请记住：认真负责的人才能担当更多的重任，才能在职场上有所作为。

人生的另一个太阳

著名演员王宝强小时候身体很单薄，动不动就感冒发烧。父亲担心他养不大，在他6岁的那年送他到邻村的一个会点武术的老师傅那里习武，练了两年后他的身体强壮起来了。8岁时父亲又送他到河南嵩山少林寺做俗家弟子，继续习武。这一学就是6个年头。15岁那年，王宝强随一个远房堂哥到北京一家鞋厂打工。

一天下班途中，恰好遇到有个剧组在街角拍戏，正好需要几个群众演员，而且要会点武术的。王宝强一听就主动到导演面前毛遂自荐，导演让他耍几个动作之后选中了他，并将他推荐给了另外几个剧组。于是，王宝强干脆辞去了鞋厂的工作，奔波在几个剧组之间当武行做群众演员。

也许在人们心目中"触电"是一件很风光的事，其实那风光也只有"男一号""女一号"之类的大牌演员才有，像王宝强这样的临时演员，却受尽了白眼，受尽了欺侮，吃尽了苦头，报酬又少。就说有次拍片吧，导演为了真实，要"男一号"抽打王宝强的耳光必须真打，这个镜头一连拍了四次，导演要求王宝强被打耳光后，还要点头哈腰地笑。开头一次王宝强笑不起来，第二次和第三次笑得像哭一样，导演狠狠地训斥了他，第四次才勉强过关。还有一次随剧组乘车去一个寺庙拍戏，下车时王宝强无意中碰了一下"女一号"，竟遭到了"女一号""流氓""土包子"之类的无情谩骂。一年当中像这样的遭遇不少，但王宝强闷在心里从不向人诉说。有一天，一个名气并不大的男演员的皮鞋脏了，竟然就那样翘着脚要王宝强给他擦，王宝强实在忍受不了这"鸟气"，一气之下跑回河北大会塔村老家。

回家后王宝强向父亲诉说了他的遭遇，为什么那些主要演员被人众星捧月般地宠着，而他却屡屡受气受压。最后问父亲："上天对我不公，为什么就让我吃了这么多苦？"

父亲没有说什么，只是把他带到村子东边的一所房子里。这里是一家铁匠铺。父亲指着墙角的一堆废铁料说："儿子，你看这些铁看起来都生锈了，似乎没有什么用处，但我能让它变得有用起来。"

父亲说完，随手拿起一块废铁，递给铁匠说："师傅，请给我儿子王宝强打一把菜刀。"

铁匠师傅马上行动起来，拉动风箱，把铁块扔到炉火中烧，烧红后用火钳夹出，然后用锤子反复锻打，打了这面又翻过来打另一面，打成型后又放进冷水里浸一浸，再夹出来细细地磨砺了一番，最后一把光亮四射的菜刀便打成了。父亲接过菜刀，看了儿子一眼后，把菜刀又扔在了墙角的那堆废铁料中，这才问儿子："你看，还是原来那一块铁，但经过打磨之后便与众不同了。我问你，如果你现在就是墙角的这堆废铁中的一块，想脱颖而出，要怎么办？"

　　王宝强悟到了父亲的良苦用心，他说："要经历火烧，经历水浸，经历锤打，经历磨砺。"

　　父亲点了点头说："儿子啊，要记住，要想出人头地，必须在磨难中锻炼自己。"

　　王宝强记住了父亲的话，第二天就返回了北京，继续无怨无悔地做起了群众演员。他把来自外界的那些冷眼、欺侮化成前进的动力，认认真真地演好导演分配的每一个小角色，哪怕这个角色在剧中没有一句台词，他都用主角的心态来对待。功夫不负有心人，第二年王宝强被导演李杨挑中，主演电影《盲井》，让他一夜之间从武行群众演员变成金马奖最佳新人。随后王宝强凭《盲井》获得了法国第五届杜威尔电影节"最佳男主演奖"，第四十届台湾电影金马奖"最佳新人奖"，以及第二届曼谷国际电影节"最佳男演员奖"。王宝强一举成名了。随后他又凭借《天下无贼》《士兵突击》《人在囧途》《泰囧》等影视剧一跃成为了一线实力派影视明星。

总有我的一席之地

　　他是墨西哥扎巴特朗市人，读初中的时候数学从没有考过一次及格分数。父亲本来对他还抱有一丝信心，可是初中毕业那年，班主任的一句话让他的父亲心灰意冷。班主任对他的父亲说："你的儿子很笨，理解和接受能力太差，将来在读书这条道路上恐怕走不通。"

　　回家后父亲把他痛打了一顿，一气之下连高中也不要他读了。后来在他的再三恳求下，父亲才勉强同意他上了高中，但父亲严厉地警告他：

"如果成绩还赶不上来，就马上辍学回家。"

为了不让父亲失望，他立下志愿一定要发奋努力赶超他人。可是，高一下学期的期末考试，一下将他的愿望击得粉碎，他各科的总成绩排名倒数第五，数学依然没有及格。

父亲对他很失望，得出的结论是：儿子不是读书的料，想通过读书出人头地，注定此路不通。父亲没有再让他读高二，而是送他到邻县一个远房亲戚那里学当一名油漆匠。

学油漆要与绘画打交道，连他自己也没有想到，他一见那些绘画竟然有一种天生的亲切感。于是，他在没有征求父亲意见的情况下，放弃了学油漆，去拜一位画师学习绘画。画师发现他是一个很有绘画天赋的孩子。他在画师的指导下，从最基本的线条、色彩、构图、点染等学起，进步很快。父亲知道了他的情况后，也没有再说什么，鼓励他就走绘画这条路，争取考上一所美术学院。可是，两年后，命运跟他开了一个心酸的玩笑，竟然没有一所美术院校录取他。

父亲对他彻底失望了。父亲说："你已经18岁了，到了能自立的年龄，没有人会再对你的未来负责，以后的路就靠你自己走了。"

他流着眼泪离开了家乡，离开了父亲。临走之前，他对父亲说："父亲，你不必再为我操心，我这一去，不混出个人样我就不回来。"

15年后，墨西哥扎巴特朗市政府修建了一座大剧院，剧院200多平方米的外墙上需要一幅油画，市政府通过媒体发出征稿启事，全国各地的绘画大师都送来了自己的作品，最后一位33岁的青年画师的作品被选中，并且由这位画师亲自执笔将他的作品画到墙上。画师的作品完成后，立刻引起轰动，这幅大气磅礴才气灵动的作品让他一举成名。众多媒体采访他，墨西哥著名纸媒《墨西哥舆论报》问了他这样一个问题："你愿意把成功的喜讯最先告诉谁？"

他回答说："最先告诉我的父亲。我在读书时让他很失望，连大学也没考上。可是我并不笨，只是没有把我放对位置而已。这15年来，我拜师学艺，勤学苦练，找回了自我。在这里我要告诉我的父亲，这个世界上总有我的一方天，总有我的一席之地，而且是一个适合我的成功的位置。现在我敢说，我没有让他失望。"

他就是被誉为"现代墨西哥绘画鼻祖"的墨西哥伟大的天才画家琼斯·克里门特·奥罗兹柯。

魏书生的考题

魏书生在任辽宁省盘锦市教育局局长兼党委书记期间，还同时兼任盘锦市实验中学初三年级一个班的语文课。为了提高学生们的思维能力，魏书生经常在班上举行一些辩论比赛，学生们也乐意参加。渐渐地，班上学生的辩论水平提高了，但也带来了一个负面效应，那就是学生们在日常生活中养成了一个爱否定别人观点的习惯，有时为一个意义不大的问题几个学生会争得面红耳赤。魏书生决定想办法将学生中这种爱随便否定别人的不良习惯纠正过来。

这天，魏书生在上课时提出了这样一个问题："一个爱洗手的人和一个不爱洗手的人一同从外面劳动回来，是爱洗手的人先去洗手，还是不爱洗手的人先去洗手？请回答，并说出你的理由。"

问题一提出，马上有个同学站来抢着回答："当然是不爱洗手的人先去洗手，因为他的手一定很脏。"

魏书生看着这个同学说："是吗？"随后又扫视了全班同学一眼说，"你们同意这个答案吗？"

立刻又有一个同学站起来回答："我不同意。我认为一定是那个爱洗手的人先去洗手。因为爱洗手的人有爱洗手的习惯，不爱洗手的人没有爱洗手的习惯，只有爱洗手的人才有可能去洗手。"

魏书生示意这名同学坐下后，又问全班同学："这个答案对吗？"

马上有个同学站起来说："我认为这个答案也不对。我的答案是两个人都得去洗手，因为爱洗手的人有洗手的习惯，不爱洗手的人手一定很脏需要洗手。"

这位同学话音刚落，还没等魏书生问什么，就有一个同学站了起来说："两个都不去洗手，因为爱洗手的人一定在外面洗了手再回的，所以就不需要再洗手，不爱洗手的人没有洗手的习惯，也就不会去洗手。"

魏书生环视了学生一圈后，微笑着问："还有同学有不同的意见吗？"连问了两遍，也没学生回答。

这时，魏书生才说："刚才4个同学已经把4个答案都说出来了，那么我想请问同学们到底谁的答案是对的呢？"教室里沉默了，还是没有同学回答。

魏书生收敛了笑容，转身在黑板上写下了一行字："不要随便否定别人的意见。"

接着他郑重地告诫同学们："在这里我要通过这个问题告诉同学们，单单拿出一个答案都不是正确的答案。生活中这样的例子并不少见，尤其是在与人交往中，有时并非因为做得不对，而是没有全面地考虑问题。在对方陈述他的观点、意见、看法和某种判断时，我们总爱否定别人，有时甚至会粗暴无礼地打断他们的话，说'你说得不对''不是你说的那样''我不同意你的说法'等等，这样说的后果是，会产生火药味，导致双方争辩起来，争吵起来，严重的还会发展到人身攻击和谩骂，搞得双方都很没趣，极其不利于同学之间的和谐团结。其实，世界是丰富多彩的，生活不是辩论赛，生活中的问题，并非只有一个答案，所以我们没有必要为了一个固定的答案而去争辩是非输赢。我们应该学会肯定别人，有时即使有不同的意见也应该委婉地说出，需要知道忠言顺耳更利于行。"

同学们都心悦诚服地点头。

从此，那些动不动就爱否定别人的同学都改掉了毛病，学会了认同和赞扬别人了。同学之间的关系越来越和谐了。

时时擦拭自己的心

英国著名插图画家约翰·斐拉克曼，12岁时就在英国艺术家自由协会的画廊中展出作品，15岁时就在英国皇家学院展出作品，20岁时他的插图画已经在圈内小有名气。

那时，靠画插图画仅能勉强糊口。约翰·斐拉克曼的一位朋友卡里克斯在出版社做美编，有空也画画插图，卡里克斯就想帮助约翰·斐拉克曼。一下。有一天，卡里克斯拿给约翰·斐拉克曼一沓复杂的插图让他描绘，并强调报酬很高，半个月后来拿画稿。约翰·斐拉克曼看了那些插图后，就嘀咕开了："这些插图怎么这么难画呢？一定是卡里克斯把容易画的都留着自己画，把这些难画的'硬骨头'都抛给了我。"于是，约翰·斐拉克曼就对卡里克斯心生不满，不愿意用心地去画那些复杂的插图了，而是敷衍了事，三天的时间就草草画成了。

半个月后，卡里克斯来取插图，同时还带来了更多需要描绘的插图，这些插图都比先前的那些插图容易描绘。原来卡里克斯所在的出版社准备出版一套连环画册，出版社领导让卡里克斯物色一个画家来完成这个任务。因而卡里克斯就想让约翰·斐拉克曼先描绘难画的，如果他能胜任，那么容易画的他就更能胜任了。然而，卡里克斯将约翰·斐拉克曼描绘的插图带回出版社让领导审阅后，领导认为约翰·斐拉克曼的画太随意，太差。卡里克斯只好找另外的画家去了。另一个画家为此大赚了一笔钱，并与出版社签订了长期的合约。事后，卡里克斯遗憾地对约翰·斐拉克曼说："我本来是想帮你牵上这条线，好让你以后一直帮这家出版社做下去，可以固定地挣一笔'外快'，但很遗憾，领导看了你的画后说不能胜任。"

约翰·斐拉克曼后悔不迭。后来，约翰·斐拉克曼发奋努力，精益求精地画好每一幅画，他的画作连连获奖，他被聘为英国皇家学院的副教授，后来还被选为了英国皇家学院的正式院士。

有一次，英国著名纸媒《每日镜报》记者采访了约翰·斐拉克曼。约翰·斐拉克曼向记者讲述了上面的故事，最后说了一段引人深思的话："其实那时并不是我的能力不能胜任，而是我的心不能胜任，看不清事实的真相。现在，我明白了，总以错误的眼光看待一切，最终贻误的是自己，会让我们错过很多成功的机会。我们要时时擦拭自己的心，别让它蒙尘了。"

把好位置留给他人

前不久，中国人民大学教授、著名公共关系与礼仪专家金正昆应邀到浙江一所大学演讲。金教授演讲的主题是"爱的效应"。

在演讲过程中，金教授播放了一段学生刚入场时选择座位的视频，这是他叮嘱助手提前到场特意录下的。

画面显示了如下内容：离演讲开始还有8分钟的时候，学生们陆陆续续地入场了。只见先进来的学生都抢占过道两边的座位。一会儿，有一个戴眼镜的女同学进来了。这时，靠前和两边的位子还有很多。可是，这位女同学却径直走到大礼堂的最后，而且坐在最中间的那个位子上。画面还在继续播放。这时，先来的那些抢占了他们自己认为是好位子的学生却不得安宁了。因为座位前排与后排之间的距离小，每一个后来者往里面进时，靠边的学生都不得不起立一次，让后来者进去。几分钟内，他们就起立了20多次。这时，画面聚焦在那位坐在后排的女生身上。只见她稳稳地坐在那儿静静地看书，没有一个人打扰她。

视频播放完了，金教授提了一个问题："我想请先来的同学回答一下：你们为什么要抢占过道两边的座位？"有一个学生站起来回答道："靠边的位子是最好的，因为它好进好出啊！"金教授又问那位坐在后排的女生："你为什么要选择后面？"女生站了起来，接过旁边的同学递给她的麦克风，说："我选择后面的中间位子，是考虑到后来的人入场后好就座。"

这时，金教授说："刚才大家都已经从视频上看到了，先来的抢占了'好位子'的朋友为自己的行为付出了起立20多次的代价，而这位选择坐后排中间位子的女同学，把好位子留给了别人，自己坐差的位子，却收获了安稳和宁静。这告诉我们一个做人的道理：爱他人也就是爱自己。当你心中只有你自己的时候，其实你把麻烦也留给了自己；当你心中想着他人的时候，其实他人也在不知不觉中方便了你。"

金教授的话音一落，台下立刻响起了热烈的掌声。

第五辑

大爱无疆

洗心雷锋故居

雷锋纪念日这天，阳光明媚。我们几个驴友相约，自驾一辆面包车，奔赴了向往已久的雷锋故居。吸引我们选择雷锋故居一游的缘由是，通过此举，深切缅怀雷锋同志，宣传雷锋精神，弘扬社会正气。我们这一辈人都是沐浴着雷锋精神长大的，我们的心中有着永远抹不去的"雷锋情结"，在物欲横流的今天，我们相约去雷锋故居洗心。

雷锋故居坐落在湖南省长沙市望城区雷锋镇雷锋村简家塘。我们到达那儿时正是中午时分，老天爷好像能猜透我们的心情，进入长沙市境内时还是阴天，可是到了雷锋故居时却艳阳高照，全然没有冬末春初时的寒意，我们浑身暖融融的。

我是第一次来雷锋故居，在一位曾去过雷锋故居的老哥的带领下，我们先参观了雷锋纪念馆。纪念馆门前的广场宽敞平坦，中间耸立着高大的雷锋塑像，塑像基座至顶高5.6米，像高3.5米。我们在铜像前怀着虔诚的心情，自觉地静默了3分钟，以表达我们对雷锋同志的怀念之情。纪念馆坐北朝南，古朴典雅，四周以墙围成庭院。进入庭院，只见种植的是很多名贵花木，据说都是建馆之后社会各界赠送的。走进纪念馆陈列室，最先映入我们眼帘的是雷锋的巨幅画像，以及画像上雷锋的一句名言："把有限的生命投入到无限的为人民服务中去。"我们按顺序参观了4个展室，参观了一组雷锋的泥塑，参观了雷锋一家三代用过的棉絮、蚊帐，参观了雷锋读过的书、写的日记、用过的劳动工具、穿过的衣袜，参观了毛泽东、周恩来、刘

少奇、杨尚昆、江泽民、李鹏等20多位党和国家领导人的题词手稿，我们还参观了雷锋生前的一些照片。每看到一样物品，我的心中就有一种情感在涌动，特别是看到雷锋生前穿过的那几双补了又补的袜子时，我更感到当前习近平总书记提出的要发扬勤俭节约的优良传统的可贵。

参观完纪念馆后，我们来到了离此不远的雷锋故居。据导游介绍，雷锋故居原为地主谭四滚子庄屋，因雷锋祖辈佃种谭家的田而住在谭家的庄屋内。庄屋原有房屋12间，约80平方米，为四合院式的土砖茅屋，三面环山，西面有塘和田地。1940年12月18日至1956年11月，雷锋在此生活了16年。1958年故居房屋因年久失修被拆，后由雷锋堂叔雷光明在原址重建了3间茅屋。1993年修复对外开放。在故居里我们看了正房陈放的雷锋祖孙三代用过的两张床、1个大柜、1张书桌和几条凳子。雷锋，一代人的楷模原来就出生在这样贫寒简陋的地方，想想我们现在的生活那真是天壤之别，我们有什么理由不好好学习，好好工作，好好生活呢？

走出雷锋的故居，阳光洒在身上充满了温暖，我的脑海里不由得浮现出毛泽东主席的题词——"向雷锋同志学习"。我们这个时代照样需要雷锋，雷锋精神永远不会过时。

在返回的途中，我们不约而同地唱起了那支歌："学习雷锋好榜样，忠于革命忠于党……"

爱的奇迹

这是发生在日本兵库县的一个真实故事。

有一位名叫玉置秀宪的饲养主养了两只山羊，一只是公的，一只是母的，公山羊取名叫小聪，母山羊取名叫小雪。这两只山羊成年后，玉置秀宪把它们配成了一对，后来母山羊小雪产下了一只小羊，主人给它取名小花。小花吃着母山羊的奶在一天天成长，可是3个月后，母山羊小雪在一次横穿公路时被汽车撞死了。母亲死后，小花只好每天吃草。但小花由于太小，根本不适应吃草，所以每天只能吃个半饱，总会发出饥饿的叫声。

突然有一天，玉置秀宪发现，小花竟然跪在公山羊小聪脚下吮吸着小聪的奶头。玉置秀宪惊奇不已，难道公山羊也有奶水，这倒是闻所未闻的事。细心的玉置秀宪抱过小聪一检查，瞪大的眼睛半天没有眨一下，他发现小聪的乳房真的发育胀大了，拿尺子一量，直径竟然有11厘米，高度有8厘米，而且还真的能挤出白色的乳汁，看来小聪真的具有喂养小花的能力。

为了验证小聪的变化是不是病变，玉置秀宪特地到本地畜牧业农业工会请来了几位专家，专家通过各种科学检测，得出的结论是：小聪的生理指标一切正常，分泌的乳汁与其他母羊毫无区别，可以食用。

有记者报道了"公羊产奶"这件不可思议的新闻后，引来了鹿儿岛大学生物学教授万田正治。他经过询问主人以及几天的跟踪观察研究，最后指出造成这一变化的原因是，公山羊心理因素的作用所致，小聪看到小雪死后，小花经常处于饥饿状态，在小花饥饿叫声的反复刺激下，小聪的生理渐渐发生了变化，从而产出了羊奶。

这就是爱的奇迹，爱真的具有神奇的力量，无论是人类还是动物界，爱都是能产生奇迹的。

吉米尼科的远见和温情

　　如果把斯卡斯代尔比作一匹千里马的话，那么吉米尼科就是发现这匹千里马的伯乐。丹麦因为有了这两人，也就有了奥运会自行车运动项目上的第一块金牌。

　　吉米尼科是一名交通警察，斯卡斯代尔是一名中学生。

　　一天清早，吉米尼科在大街上巡逻时，突然发现一辆自行车飞速朝他驶来，他下意识地拿出测速仪，开始测定骑车人的速度，看有没有违反交通规则。骑自行车的人根本没有发现警察在测他的速度，他在大街上开始加速，自行车像一匹野马一样飞速向吉米尼科站立的地方冲来。吉米尼科惊奇地发现测速仪显示数字竟然是汽车的速度。吉米尼科一下惊住了，他有点不相信一个人可以把自行车骑得像汽车一样快。吉米尼科马上拦住了这名车手，这才发现车手竟然是一位十五六岁的少年。这名学生就是斯卡斯代尔。吉米尼科把测速仪显示的速度告诉了斯卡斯代尔，并指出他违反了交通规则，要对他进行罚款。然后吉米尼科询问斯卡斯代尔的情况。斯卡斯代尔说，他是哥本哈根一所中学的学生，因为赶着上学怕迟到，所以骑得快了点儿。

　　吉米尼科微笑着拍着斯卡斯代尔的肩膀说："原来你还是个学生，那么，你先上学，以后我会同你联系。"

　　惊喜中的吉米尼科，马上把他的发现告诉了哥本哈根最著名的自行车俱乐部。这家俱乐部曾经培养过许多优秀的自行车手。不久，斯卡斯代尔的学校就接到了这家俱乐部的来信，信中说欢迎斯卡斯代尔加入他们的俱乐部。他们将为他提供一切训练条件，信中还夹着一张吉米尼科测定的速度单。就这样，斯卡斯代尔成了俱乐部的一名会员。4年后，他成为丹麦的自行车赛全国冠军，第二年参加奥运会，一举夺得了丹麦奥运史上自行车运动项目的第一块金牌。

后来，丹麦著名的《哥本哈根丹麦邮递新闻报》报道了这件事，报道中宣称斯卡斯代尔的成功和丹麦的骄傲都离不开吉米尼科的远见和温情。吉米尼科也因此闻名天下。

如果吉米尼科是一位工作疏忽的警察，那么他就不会留意到斯卡斯代尔的超速，或者即使留意了也没放在心上；如果吉米尼科是一位忠于职守、只管分内之事的警察，那么他也不会把斯卡斯代尔的违规与自行车运动联系起来，更不会推举斯卡斯代尔。

正因为吉米尼科具有远见和温情，促使他尽了一点分外之责，才有这段丹麦体育史上"伯乐识千里马"的佳话。

朱自清的75封书信

朱自清先生的夫人陈竹隐去世7年后，他们的儿女们在搬家时发现了一个精致的上了锁的小铜箱，打开小铜箱后，发现里面收藏的是一大沓书信，他们数了数，整整75封。这是朱自清先生从认识陈竹隐到他去世前写给陈竹隐的信。这75封书信向世人展示了一代文学大师的爱情历程，让我们透过这些朴实的真情文字，认识了陈竹隐这位默默无闻相夫教子的优秀女子，读出了他们平凡而又伟大的爱。

陈竹隐不是朱自清先生的结发妻子，朱自清先生的结发妻子武仲谦病逝3年后，经朋友介绍他才和陈竹隐相识，陈竹隐一下爱上了朱自清这个温文尔雅文质彬彬的戴眼镜的男人。当时有好心人劝她："你可得想清楚啊，他一个穷教书的，已有6个孩子，最小的女儿还在襁褓中，你嫁过去

后担子会很重的，再说，继母不好当啊。"

陈竹隐说："这些我都考虑过了，先生的孩子就是我的孩子。"她毅然嫁给了朱自清先生，就这样，一个二十几岁的青春少女，还没来得及享受情侣间卿卿我我的浪漫与温馨，就成为了6个孩子的母亲，承担起了妻子和母亲的双重责任。

他们从恋爱到结婚，没有花前月下的牵手散步，没有海誓山盟的甜言蜜语，没有99朵玫瑰的浪漫时尚，没有豪宅金钱的炫耀满足……他们的爱都倾注在了日常琐碎的生活中，倾注在了几十年的默默坚守中。那75封书信见证了他们的爱情。不读书信的内容，仅仅只看信中朱自清先生对陈竹隐的称呼的变化，就足以打动人心。第一封信里，朱自清先生称陈竹隐为"竹隐女士"，落款为"朱自清"；一周后的第二封信里，朱自清先生称她为"竹隐妹"，落款成了"自清"；在他们的第五封信里，先前的"竹隐妹"已变为更亲切的"隐妹"，"自清"只余一个"清"字……最后就直接称呼"妹"。如果再看内容，更让人怦然心动。朱自清先生在信中充分运用他的文学天赋，写出了很多类似这样优美而多情的语句："妹，我喜欢看你迷人的双眼，我喜欢听你轻轻的叹息，我喜欢闻你悠悠的发香，我喜欢摸你劳作的手掌……亲爱的妹，我整个儿已变成了你的俘虏！"

陈竹隐和朱自清先生婚后又生了3个孩子。1948年朱自清先生逝世后，陈竹隐把孩子们一一抚养成人。陈竹隐孤独地生活了42年后于1990年去世。这期间，除了9个孝顺的孩子陪伴外，陪伴她的还有那75封书信，她一直小心地珍藏，不时拿出一封信来读读，回忆那艰辛而又甜蜜的往事。

人世间的爱并非都如影视作品中描写的那样轰轰烈烈和浪漫，有时很平淡，平淡到只有居家生活的柴米油盐。

其实浪漫有时很简单，简单到只需75封书信就够了，那纯净而不掺任何杂质的语言，永远能拨动我们蒙尘的心弦。

按揭一份爱心

在英国西北部的曼彻斯特市发生过这样一件真实的事。

有一位65岁的老人，无儿无女，一个人孤苦伶仃地生活在一栋200多平方米的房子里。老人感到自己的身体一年不如一年，说不定哪天就会一病不起，甚至死在家中也无人知晓。老人思前想后，权衡利弊，决定卖掉房子，搬到政府设立的养老院去居住。老人委托律师在报上刊登了一则售房广告。广告刊出后，购房者蜂拥而至。老人标出的房子的底价是10万英镑，但随着购房者的骤增，房价出乎意料地被炒到了20万英镑，并且还呈不断攀升的趋势。

按说，房价一路走高，老人应该高兴，可是老人一点儿也高兴不起来。老人拄着拐杖，在房子前走来走去，那满是忧郁的浑浊的目光里充满了留恋之情。老人曾拥有一个幸福的家庭，有一个漂亮的妻子和一个活泼可爱的儿子，他和妻子共同努力打拼挣下了这栋房子。可是天有不测风云，儿子10岁那年，不幸因车祸丧生，妻子也在儿子死后的第二年因病离开了人世。这栋房子见证了老人一生的酸甜苦辣喜怒哀乐，是老人的精神寄托，现在要他卖掉它，离开它，老人还真有点儿依依不舍。要不是健康状况不行，老人是绝对不会卖掉这陪他度过大半生的房子的。

很多人为了买到这座房子想尽了办法。比如，贿赂律师欺骗老人，冒充是老人的远房亲戚……更有甚者还想制造车祸撞死老人……但最终都没有把房子买走。

一天，老人家里来了一个衣着很朴素的年轻人，他与老人待了一上午，结果老人答应把房子卖给他。任何人都看得出，这个年轻人绝对拿不出20万英镑的巨款，可是老人凭什么把房子卖给了他呢？

当时《星期日快报》记者得知了这一消息后，迅速地采访了老人和这个名叫约瑟夫的年轻人，终于揭开了谜底。

原来，约瑟夫是个邮递员，今年25岁，他从小有一个梦想，要拥有一栋属于自己的大房子，约瑟夫省吃俭用攒下了1万英镑，可是离买房子还差很大一截距离。约瑟夫没有放弃梦想，他一直在不懈地努力工作，争取能早日买到房子。这天约瑟夫看了报纸上的广告后，心中一动，他要买下老人的房子。约瑟夫正是负责这片地段报刊信件投递工作的，他与老人打过交道，他目睹过老人的寂寞孤独，他知道老人最需要的是什么。约瑟夫来到了老人家里，陪老人上医院拿药，回来后陪老人聊天，逗得老人不时地开心大笑。临走时约瑟夫才向老人说出了想买下他的房子的想法。约瑟夫真诚地说："老伯，我想买您这栋房子，可是我只有1万英镑。如果您把住宅卖给我，我保证会让您依旧生活在这里，和我一起聊天，喝茶，读报，散步，养花，天天都这样快快乐乐的。请您相信我，我会像儿子一样用我的整颗心来照顾您，让您安度晚年，等我结婚成家有了孩子后，一定把您当他的爷爷。"

老人想：终于有人读懂了我的心，我要的不是金钱啊，我要的就是这样一种人间亲情，人间的天伦之乐啊！老人叫来了律师，在律师的见证下，老人把房子以1万英镑的价格卖给了约瑟夫。

《星期日快报》在以《按揭一份爱心》为题，报道这一社会新闻时，最后说了这样一句话：完成梦想，不一定非得要冷酷地厮杀和欺诈，有时，只要你拥有一颗真诚的爱人之心就可以了。

成全爱心

母亲走路的时候不慎摔倒，臀部的左边划到一块尖利的石头上受了伤。我带母亲到医院进行了包扎，然后乘公交车回家。

上车的时候，发现车上的人都坐满了，没有空位。我搀着母亲站在了车里。这时，旁边一个十一二岁的小男孩站了起来，对我母亲说："奶奶，您坐我这儿吧！"母亲慈爱地望着小男孩说："孩子，谢谢你的好心，我就两站路，马上就到，就不坐了。"

我本以为小男孩听了母亲的话就算了，可是小男孩却说："奶奶，您还是坐下吧。昨天上课的时候我们老师还说做人要有爱心，要尊老爱幼。"

"我母亲她……"我刚准备解释母亲臀部有伤不能坐，可是作为退休老师的母亲却打断了我的话，母亲说："好孩子，谢谢你，我这就坐。"说完，母亲扶着椅背走到了座位前，很缓慢地坐了下去。小男孩就这样一脸轻松地站在母亲的旁边。母亲帮小男孩牵了牵他那挤歪的衣角，问小男孩读几年级，小男孩说读五年级。母亲夸奖小男孩说："谢谢你给奶奶让座，你真是一个好孩子！"小男孩不好意思地笑着说："奶奶，这是我应该做的。"

我看到母亲只是用右边的臀部轻轻地坐在座位上，重心落在两条腿上，很明显母亲的这种坐法比站着还要难受。

幸好两站路很快就到了。我搀扶着母亲在小男孩的"奶奶再见"声中下了车。

一下车母亲就弯下腰双手在腿上捶着。我埋怨母亲自讨苦吃，明明不能坐却要坐。

没想到母亲却喜滋滋地说："我不能辜负了小家伙的爱心，你想啊儿子，我如果拒绝了他，会挫伤了一个孩子做好事的积极性，说不定以后他要是再遇到这样的事，就会像很多大人一样视而不见，无动于衷……"

母亲的话让我明白：原来，成全别人的爱心，也是一种爱心。

下雪时你最先想到谁

　　气温陡降，夜里下了今冬的第一场大雪。早上起床一看到处白茫茫的一片，寒风吹得人手脚冰冷，我打了一个喷嚏。天寒地冻，我马上想到了在外省上大学的儿子，儿子那里气候也一定更冷了，儿子从小穿衣就很马虎，天冷总不及时加衣。我掏出手机，拨通了儿子的电话。我在电话里叮嘱儿子，下雪了要多穿点衣服，可别只要风度不要温度。儿子也很懂事，他也提醒我和他妈妈也要保重身体，穿暖和一点儿。听了儿子的话，我心里涌起了一股融融的暖意，顿时感觉到天也没有刚才那么冷了。

　　刚把手机揣进口袋，手机的音乐声就响了，我拿出来一看，是乡下老家的号码，毫无疑问是我那65岁的母亲打来的。接通电话，果然是我的老母亲。电话里是母亲焦急的声音："儿子，下雪了，天冷了，千万要多穿点衣服，可别弄病了啊。"

　　我立刻感觉鼻子在发酸。下雪了，我想到了儿子，怎么就没想到乡下的父母呢？霎时，一阵阵愧疚感袭上了我的心头。

　　小时候，家里穷，冬天来了做不起新棉袄，母亲就将她的旧棉袄改小了给我穿，她自己就穿着单薄的夹袄，有时抗不住寒冷，就在夹袄里面加上自己用旧麻袋缝制的背心。母亲怕我冻着，一回家就把我拉到她面前，解开怀，把我的一双冰冷的小手捂在她温暖的怀抱。

　　母亲的怀抱是我童年记忆中最温暖的地方。后来家庭条件稍有好转，母亲隔一年就要给我做一件新棉袄。她自己的棉袄一穿就是几年。后来我考上了大学，在城里安了家。我接母亲和父亲到城里住，他们坚决不肯，依旧住在乡下的老屋里。我除了春节回老家住几天外，平时很少回家，有时工作一忙，连电话也很少打回去。

　　我忘记了乡下的父母，可乡下的父母却时时记得他们城里的儿子。只要天气一变化，母亲的电话总是先打来。

下雪了，想到儿子的同时，也应该想到不在身边的父母。我感觉到脸上有泪在流。我紧握话筒对着电话那头的母亲说："妈，下雪了，你和爸爸也要注意身体啊！"我知道，电话那头的母亲在听了我的话之后，就像我刚才听了儿子的话一样，心里一定是热乎乎的。

战争老电影里的青葱岁月

我从小就爱看电影，特别是战争题材的电影。

那时候我们乡下没有电影院，看的都是露天电影。只要听到大人们说，哪天村里要放电影，我们一群小屁孩，就像过年穿新衣一样高兴。下午放学回家后把书包一扔，就掇着凳子到打谷场上抢占有利地形，连晚饭也是母亲盛好后送到打谷场吃的。

我们那时候称战争题材的电影为打仗的电影。那时我们评价战争电影中的人物只有两种类型：我们的人和敌人，我们把红军、八路军、解放军叫我们的人，把日本鬼子、汉奸和国民党军队的人都叫敌人。

那时的战争电影真是百看不厌。记得那年我们公社每个大队循环放映《打击侵略者》，全公社共8个大队，我们就跑了8处，一处也没落下。有一天晚上，在离家5里多路远的一个大队看完电影，突然下起了大雨，我们就冒着雨摸着黑跑回了家，一路上摔倒了几次，回家时已经成了一只名副其实的泥猴，膝盖上还流着血。可是我一点儿也在乎，还津津乐道地把电影里的故事讲给爸爸妈妈听。

如今30多年过去了，我还能数出那时看过的很多战争老电影：《地道

战》《地雷战》《英雄儿女》《打击侵略者》《渡江侦察记》《平原游击队》《钢铁战士》《南征北战》……

还能随口说出很多经典的台词："为了胜利，向我开炮！""不是我们无能，而是敌军太狡猾。""等我们大军打过来，就扒你们的皮，抽你们的筋。""高，实在是高。""我胡汉三又回来啦！""甭说吃你几个破西瓜，老子在城里吃馆子都不交钱！"……

战争老电影给了我快乐的童年、少年以及青年，还给了我爱情。我和妻子金枝就是在露天电影场相识、相爱的。金枝姑娘是我隔壁村的，她也爱看打仗的电影，只要听说周围村子放打仗的电影就一定去看，我们经常在场上见面，次数多了就熟悉了。记得那是秋末的一个晚上，出家门时天还不是很冷，可是到了电影快散场时，突然降温，她的衣服穿少了，直喊冷，我把我的外套脱给她穿上了。电影结束后，我一路护送她回家，然后再转回自己家里。她很感动。后来我们谈起了恋爱。那时农村找媳妇大多是由媒人牵线搭桥，我和金枝是村里第一对自由恋爱结婚的。我们现在抱上了孙子，还时常忆起战争老电影带给我们的感动、感情。

战争老电影陪伴我度过了物质并不富裕，精神生活也很贫乏的青葱岁月。现在无论视听工具多么先进，我和我们那一代人都永远怀念战争老电影相伴的青葱岁月。因为那里面有我们的情，我们的爱，有我们永不磨灭的幸福快乐的回忆。

一粒黄豆的精彩人生

在我居住的小区旁边，有一家主营黄豆的豆类专卖店，我每天上下班都要从该店门前经过。店主是一位中年人，见面的次数多了我也和他混熟了。遇到双休日没事时，我就到他店里聊天打发时间。店主很健谈，以至于我有什么烦心事也爱对他说。那天我和他说起了我创办假日英语培训学校失败的事，我唉声叹气地说起了我失败后的苦闷，言语之间不自觉地流露出了颓唐的悲观情绪。

我以为能博得店主几句安慰的话，哄我开开心也好，可是他却"王顾左右而言他"，竟然说起了他的黄豆。

店主问我："你认为我快乐吗？"

我说："你可能有时候快乐，有时候不快乐。"

"为什么呢？"

"生意好，黄豆能卖出去时就快乐；生意不好，卖不出去时就不快乐。"

店主摇摇头说："你错了，我永远是快乐的。我永远不必担心黄豆卖不出去。"

我疑惑不解："黄豆卖不出去，过了保质期就坏了啊，你不担心吗？"

店主说："我在另一条街上开有一家豆腐作坊。假如我这里黄豆卖不完，可以拿到作坊去磨成豆浆卖；如果豆浆卖不完，可以制成豆腐，豆腐卖不成，变硬了，就当作豆腐干来卖；而豆腐干卖不出去的话，就把这些豆腐干腌起来，变成腐乳。"

我一下来了兴致，问店主："还有其他选择吗？"

店主说："有啊。我还可以把卖不掉的黄豆，送回乡下的老家，让豆子发芽，几天后就可改卖豆芽啊；豆芽如卖不动，就让它长成豆苗；如果豆苗还是卖不动，再让它长大些后移植到花盆里，当作盆景拿到城里来卖；如果盆景卖不出去，再把它移植到乡下田地中去，让它生长。几个月后，它结出了许多新豆子，一颗黄豆就变成了上百颗黄豆。想想这该是多

么占便宜的事啊！"

最后店主说："你就把自己当作是一粒黄豆吧，看看，一粒黄豆在遭遇冷落的时候，就有这么多种选择，何况你还是大学生呢！"

店主的话令我茅塞顿开。人生难免会遭遇挫折，在挫折面前千万不要丧失信心，不妨做一粒黄豆，稍加变通，调整好心态，一定能闯出一条属于自己的成功之路。

做点让父母"生气"的事

父亲一直是我成长路上的导师，从小到大我都是在他的严格要求下做人做事的。在我的记忆中，父亲对我的要求近乎苛刻，我身上的很多毛病都是父亲帮我慢慢地纠正过来的。

冬天的早晨很冷，到了该起床上学的时间，我总是留恋热被窝赖着不起来。母亲哄着我说："儿子你马上起来吧，我做好吃的东西给你吃。"但效果不好，我依然宁可不吃好东西也要多睡一会儿，因而多次迟到受到老师的批评。父亲出差回来后，我依旧赖床。起床时间到了，父亲二话不说，上来就把我的被子掀到了旁边，冷着脸说："怕冷就按时起来！"就这样父亲连掀了两次被子后，我就再也不敢赖床了。

我读小学五年级时，到堂哥家里玩。看见他家中无人，就偷偷把堂哥家桌子上的一个大苹果拿回家，躲在厨房里吃。不巧的是刚好被回家的父亲看到了，父亲审问我是哪里来的苹果，我撒谎了，但是父亲马上戳穿了我的谎言，并严厉地教训了我。

后来，我从初中到高中再到大学，只要在家暴露出我的毛病，父亲就会毫不犹豫地按他的理解帮我纠正。我也渐渐摸清了父亲的喜好，知道哪些做法会惹他生气，比如我其实在大学已经学会了抽烟，但回家后我忍着绝不会在父亲视线里抽。去年我参加了工作，每次回家我都会想尽办法讨父亲开心。

在我逐步成为了父亲心目中的"好孩子"后，父亲也在岁月风霜的剥蚀下渐渐变老了，头发花白了，背也弯曲了，眼睛也昏花了……父亲再也没有说我什么不好了。可是奇怪的是，有时我回家感觉到父亲似乎对我还是不满意，尽管他没有说什么，但我从父亲偶尔的唉声叹气中可以看出来。

我偷偷问母亲，母亲道出了原因。母亲告诉我，我每次回家各方面都做得很好，没什么让父亲挑剔的，父亲感觉到我不再需要他，他觉得自己老了没用了，他很失落。

后来，我再回家时，当着父亲的面抽烟，吃饭时把饭粒弄到地上……父亲看见后很生气，一一地指出我的错误，当面数落我说："我还以为你不再要我管呢，没想到都这么大的人了还是要我说。"

我马上装作愧疚的样子说："爸，对不起，又让你操心了。"

父亲比以前开心多了，笑呵呵地说："不要紧，不要紧，慢慢改！"

其实，孝顺的方式很多，譬如，重阳节来了，可以做点让父母"生气"的事，给他们一点数落的机会，让父母感觉到儿女们还在需要他们。

从晒谷场起步

大学毕业后我找到了第一份工作。临上班的头几天，父亲来电话说让我先回家一趟，他想和我说说话。

回到家中，父亲说："先帮我做点事吧，把咱家的晒谷场平整平整。"

我家门前有块100多平方米的场地，那是我家的晒谷场。望着晒谷场，我对父亲说："爸，这已经很平整了，还需要再平整吗？"

父亲说："你所看到的只是表面现象，这种土晒场不像水泥场，表面看起来还行，其实是不能打晒谷物的。"

"为什么呢？"我不理解。

父亲说："要想能打晒谷物，还得经过好几道程序。这几天你就帮我完成了这些程序再走。"

于是，我和父亲带着工具来到了晒谷场。

第一步泼水湿透晒谷场。我和父亲挑着水桶从旁边的水塘里挑了20多担水，泼湿了地面。

第二步把晒谷场挖散成泥。我和父亲用锄头一下一下地挖散土壤，由于已经被水浸透，因此挖起来并不费劲。我们必须打着赤脚，前面挖，后面要跟着用脚将泥块踩碎。全部挖完后还要用锄头在场上搅动，直到所有的泥块都变成了泥浆。

第三步整平。父亲整平场地很有经验。他扛来一架梯子，平放在晒谷场一边，再在梯子的两端分别系上一根绳子，将两根绳子并拢在一起，拉着绳子将梯子拉到晒谷场的另一边，然后又拉回来。如此反复几次，晒谷场就平整得像一面乌亮的镜子。

晾晒半天后，第二天就进行第四步程序碾轧。碾轧是最费时费力的。碾轧前，父亲在晒谷场上洒了一层草木灰，然后我们两人拉着一个大石磙，一圈一圈地在场上旋转，先从东边碾到西边，再从西边碾到东边，然后又从南边碾到北边，再从北边碾到南边，中间累了就休息一会儿。碾了一上午父亲才说告一段落了。

我问父亲："还没完吗？已经碾得很平了。"

169

父亲说："最少还要碾两次。你所看到的这种平，还不是真正的平，是平而不实。当然打谷晒谷还是能行的，但地面容易破皮，破皮了就有沙子灰土，打晒谷物时，沙子灰土就会掺进粮食中。"

下午，父亲在晒谷场上洒了些水，再洒一层草木灰，然后我和他又拉着石磙碾开了。第二天上午又如此重复了一次。父亲这才说："现在可以交付使用了，晒谷场已经踏实了，再不会破皮起灰，即使下雨也不用担心，经得起几场雨水的冲刷。"

父亲看看我，又把眼光转向平平整整的灰白灰白的晒谷场，说："儿子啊，知道老爸为什么要你帮我碾晒谷场吗？"

看着两鬓微霜，脊背不再挺直的父亲，我突然明白了父亲的良苦用心。一向不善言辞的父亲是在用平整晒谷场的过程告诉我，做人要表里如一，踏踏实实，要多多磨炼自己；工作中要不怕困难，要禁得住压力，要像晒谷场一样，经得住碾轧，才会迎来人生的坦途。

我把我的想法告诉了父亲，父亲微笑着点头："我说不出你这么好听的语句，但我说的就是这个理儿。你马上要走上工作岗位了，我希望你记住你刚才说的话……"

我脚下的路就这样从晒谷场上起步了。

父亲与牛

每天清晨，父亲起床后的第一件事，就是到牛栏里看他的牛。父亲来到牛栏，拿起靠在牛栏屋檐下的铁锹，将干净的稻草拨到旁边去后，就铲起牛屎扔到牛栏前的一块空地上，备作肥料。然后牵牛出栏到村头的水

塘边喝水。待牛喝足了之后，再把牛牵着，沿着我家屋后的那条小沟转一圈。牛慢慢地吃小沟两边的草，父亲就叼上一支烟优哉游哉地吸着，随着牛慢慢地向前移动。太阳出来时照在父亲和牛身上的那种光芒很耀眼，父亲和牛以远处山峦为背景的剪影，就定格在了我小时候的记忆里。

我家养过两头牛。第一头牛是实行责任制后第三年，一家人省吃俭用还卖了一头猪才买回的。父亲给它起了一个很好听的名字：丰丰。父亲希望牛能带来丰收。牛买回时犁田耕地不知道路怎么走，特别是不知道转弯抹角，是父亲一次又一次地用吆喝声加鞭子甩动的呼啸声，才慢慢训练出来的。丰丰很通人性，田里地里的各项活计熟悉后，不待扬鞭自奋蹄。父亲很爱惜丰丰，怕它饿着怕它热着怕它冻着。春天割来新鲜的嫩草，夏天给它洗澡驱蚊，冬天给牛栏垫上细土，加上柔软暖和的稻草。有一次丰丰生病了，父亲连夜走了30多里山路到乡里请来兽医，连续两个晚上搬来一张竹床，就陪睡在牛栏里。

可惜丰丰的结局是被人盗走。那天，父亲和母亲走亲戚去了，晚上家里没人，丰丰就这样被人偷走了。那几天，全家人到处寻找，还到派出所报了案，但没有任何结果。父亲整个人像得了一场大病一样成天提不起精神。

直至买了第二头牛，父亲才渐渐有了笑容。父亲给第二头牛起名叫顺顺。父亲起这名的意思，是希望人顺家顺事事顺。顺顺是别人家训练过的牛，但有些很坏的习惯，比如放草时，哪怕再好的草也只是草草地吃上几口就向前赶去，结果干干净净的草都被它几个来回踩倒踩坏了；犁田时走的速度不均匀，时快时慢，以致翻出的土层深浅不一。这些毛病都是父亲慢慢地调教过来的。父亲对待顺顺比以前对待丰丰还要细心。母亲有时笑他，你这老头子，对待顺顺比对儿子还好。父亲说，在我的心目中顺顺就相当于我的第二个儿子。

顺顺在我家生活了16年。在最后的几年当中，父亲几乎没有要它下田，每天父亲就像城里的老人遛狗那样，遛他的牛。顺顺任何农活都不能干后，我曾劝父亲把顺顺卖给屠宰场，父亲坚决不同意，说，顺顺为我家服务了十几年，怎么忍心让它挨刀子呢？后来顺顺是病死的。顺顺死后有人要买去，父亲没同意。父亲把顺顺埋在了我家的田头，父亲说，要让顺顺回到它洒下了一生汗水的土地上。

父亲说，他这一生最喜欢的动物就是牛，牛一生辛辛苦苦，任劳任怨，牛身上表现出的品质值得人类学习。

不知为什么，我有时感觉父亲就是这样一头任劳任怨的牛。

母亲最爱吃的菜

父亲去世后，我要母亲来城里跟我们一起住，可母亲执意不来，她说住惯了乡下瓦房。但每年国庆和春节，我就会带着妻儿回母亲那里住上几天，吃上几顿母亲亲手做的饭菜。

今年，妻子说："母亲年纪大了，一个人在乡下太孤单，我们把她接来，在她65岁生日那天，给她过个生日，让她高兴高兴吧。"妻子有孝心，我还能说什么呢？

母亲生日那天，我开车回老家接来她，并特地到酒店订了一个包间，点了满满一大桌菜。可母亲说："太浪费了，点几个菜薹、小白菜、豆腐就行了。"儿子说："奶奶，哪有到酒店吃这些菜的啊？"母亲说："还是节约点儿吧，你将来读书要花很多钱的。"

妻子夹了一块海参在母亲碗里，说："妈，今天是您老65岁大寿，多吃点吧！"但母亲没动筷子。

　　酒店经理来了，说："先生，凡在我们酒店过生日的，我们免费提供一个最爱吃的菜。请问你母亲最爱吃的是什么菜？"

　　"我母亲最爱吃的是……"我想了半天，竟然想不起母亲爱吃的是什么菜。我捅了捅旁边的妻子，妻子也无语。

　　这时儿子说话了："我知道奶奶爱吃什么菜。"

　　我和妻子异口同声地问："快说，奶奶爱吃什么菜？"

　　儿子说："每次回乡下时，我看到奶奶都是在我们吃完后她再吃，她把我们每餐没吃完的菜都吃了，奶奶最爱吃的是我们的剩菜！"

　　儿子的话让我浑身一震，儿子说得一点没错，打我记事起，母亲做的都是我爱吃的菜，后来我们一家人回乡下，母亲做的也都是她的宝贝孙子最爱吃的菜。母亲心里何时有过自己呢？

　　看着白发苍苍的母亲，我鼻子一酸，泪不由自主地流了下来。

打开心门

　　我家对门有个10岁的孩子，上小学三年级。可能是学校刚刚开设了英语课，这孩子天天回家就大声地读英语。也许我是个英语老师的原因，我每天就格外留心这孩子的发音。我发现这孩子的英语发音很不准确，说是读英语，其实听起来都是一些汉语，颇有些像一些相声里调侃的读法，比如，把"*tomorrow*"读成了"偷猫肉"，把"*good moming*"读成了"狗带猫狸"……

　　我实在听不下去了，想去帮那孩子纠正一下，不然，孩子的英语启蒙教育没搞好，以后养成了习惯再纠正就很难了。可是我怎么去说呢？尽管我们门对门，但两家很少来往。我与孩子的爸爸妈妈也只是在上下楼碰面时点点头，几乎没什么言语交流。我的老家在农村，我还是喜欢我们乡下的那种亲密无间的邻里关系，平时没事时串串门，聊聊天，自由自在，无拘无束。可这城里人就不同，大有老死不相往来之势。

我突然想到，我经常教育学生，当我们要求别人要怎样怎样做的时候，我们自己首先就要去做好，从我做起才有说服力。那么在邻里关系的问题上，当我抱怨别人老死不相往来时，我自己为什么不先去亲近别人呢？

我决定，就以辅导孩子的英语为突破口，打破邻里的僵局。

那天，当那家的孩子又在大声读记英语单词时，我敲开了他家的门。

孩子的爸爸开门见是我，很客气地把我让进屋里。虽然他没有问我有什么事，但我从他的眼神中看出了他的疑惑。我开门见山地说出了我上门的原因：我经常听你儿子读英语，发现他读得很不标准，我怕他经常这样误读，以后养成了习惯改不掉，不利于他的英语学习，所以我来是想帮他纠正一下。

明白了我的来意后，孩子的爸爸妈妈极其高兴，叫过孩子，让我辅导。我跟孩子讲了发音的一些要领，帮他纠正了好几句不规范的读音。我承诺，以后有空让孩子上我家，我帮他辅导。孩子的爸爸妈妈对我感激不尽，再见面时都互相热情地打招呼。下班后我们两家再也不是关门闭户，而是互相串门，我有时同孩子的爸爸下下象棋，妻子也和孩子的妈妈有空邀在一起逛逛超市。

后来，我和孩子的爸爸聊到了城里人的邻里关系，孩子的爸爸说："其实我也不喜欢那种鸡犬之声相闻老死不相往来的做法，但我就是没有勇气去主动打破。我当时也想和你家说说话，但想到你是教师我是工人，怕你们看不起我们呢！"我说："那怎么会呢？远亲不如近邻嘛！"

　　由此看来，有些看起来难为的事情，如果从我做起就不是难题了。比如，我只是尽了一个举"口"之劳，就打开了邻里之间心的大门。

母亲的谎言

　　母亲和父亲一直居住在乡下。父亲去世后，我怕母亲一人孤单没人照看，就以我的妻子她的儿媳怀孕了要人照看为理由，要求母亲进城和我们一起生活。母亲犹豫再三才答应了。出发那天，母亲打了一大包行李，依依不舍地告别了乡下的老屋。离开那天，我说要卖掉乡下的老屋，母亲坚决不肯，她说，她过年要回乡下住几天，她舍不得乡下的那些老姐妹。

　　母亲来后，妻子按城里的老太太的穿着式样，给母亲置换了新衣。母亲换上了新衣，洋气漂亮，绝对与城里的老人没什么区别。妻子要将母亲换下的衣服和她带来的冬季的一些旧衣服丢弃，母亲说，留着，我还有用。我和妻子怎么也不理解母亲留下这些旧衣服有何用处，但我们还是尊重母亲的意见，留了下来。

　　说是叫母亲来照看妻子，其实也没要母亲做什么。早餐，我和妻子都是在外面吃；中餐，公司有工作餐；母亲只是负责弄弄晚餐就行了。因此，早上和上午母亲除了买买菜外，就很清闲。

　　别看母亲是个乡下的老太太，到了城里受环境的影响和熏陶，很快适应了城里老人的生活方式。早上遛早，上午也在公园和一群老头老太太一起学跳广场舞。看到母亲每天快快乐乐的，我和妻子都很高兴。我和妻子都有一份稳定的工作，收入也很可观，我叫母亲不要像乡下过日子时那样精打细算，想吃什么尽管买，想穿什么衣服就不要舍不得花钱。我们给母亲一个月的零用钱，比乡下老人一年的还要多，但母亲绝不乱花一分钱。母亲说，钱存着，等我孙子出世要用钱的地方还很多。

年终，母亲回了一趟乡下，是我陪她一起回去的。我要开车送母亲，母亲不同意，她要我陪她一起坐公共汽车回去。母亲走的时候，还脱下了身上的衣服，换上了当初带来的旧衣。我不理解母亲为什么要这样做，在我的思维里，应该衣锦还乡才符合常理。

回到了乡下的老屋后，母亲的那些老姐妹都来看她。看到母亲去城里住了一年穿着还是那么朴素，有位老姐妹就问母亲，是不是城里的日子很难过。我满以为母亲要实话实说不难，可母亲却回答，难啊，日子过得挺紧巴的，除了太阳光不要钱，什么都要钱，就连白菜也很贵，我有时想吃白菜，还上菜市场捡别人卖剩的菜叶呢，哪有我们乡下好啊，有吃的有喝的有穿的有住的，什么都不缺。说得那些老姐妹连劝母亲还是回到乡下来。

母亲离开时，那些老姐妹送来了很多乡下极便宜的白菜、红薯、萝卜……母亲都笑眯眯地收下了。我还分明听到母亲的那些老姐妹在感叹：呵呵，还是我们乡下好啊！

在回去的车上，我问母亲为什么要撒谎，为什么要她们的这些便宜的东西。母亲说，我的这些老姐妹都还不富裕，我不想伤害她们的心，我穿旧衣，我收下她们的东西，是让她们觉得我过的日子和她们一样的，她们的心里会好受一些；我要是说我在城里过得怎样怎样好，那会让老姐妹伤心的……

我这才读懂了母亲的心，原来母亲善意的谎言背后，是为他人着想的低调而不张扬的一颗善良的心。

收音机相伴的青葱岁月

走在大街上，很难再看到手拿收音机边走边听的人，见得多的倒是戴着耳塞，怀揣MP3、MP4的年轻人在那里自我陶醉。要论收听的效果，收音机是根本不能与MP3、MP4同日而语的。MP3、MP4音质柔和，音色柔美，我虽然也喜欢，但仍然割舍不下对收音机的那份依恋。因为收音机伴随着我和我的同龄人度过了物质贫乏、精神也不富裕的青葱岁月。

在20世纪70年代，我这个不知天高地厚的小青年，每天娱乐的项目就是听收音机。那时我家里有一台褐色外壳的笨拙的老式半导体收音机，只能收听到中央人民广播电台和湖北人民广播电台的节目，我每次总是在这两个台上倒换。那时的节目也不多，听得最多的就是样板戏，天天听我也会哼唱了，至今我还能有板有眼地唱出《红灯记》中的好些唱段，这都是那时学的。

后来晶体管收音机问世了，看到有同学拿着那小巧玲珑的玩意儿，我羡慕极了，吵着要父亲借钱给我买回了一台。那黑色的外壳镶上银色的圆圈图案，要多漂亮就有多漂亮，我每天睡觉就放在枕头边，听着听着就进入了梦乡。

收音机带给了我无穷无尽的快乐。

我唱得最拿手的一首歌是收音机里教的。那时每天中午12时，收音机里有一个固定节目《每周一歌》。有一天教唱《骏马奔驰保边疆》，我一听就喜欢上了这首歌，很快就跟着里面学会了。我还记得那时情窦初开的我，多么希望去看草原，多么希望歌曲中唱的那种情景出现啊："亲爱的姑娘向我招手笑，喝一杯奶茶情意深……"后来学校搞联欢，我上台唱的就是这首歌，赢得了满堂喝彩。

我那时爱听的还有单田芳的评书《岳飞传》和《杨家将》，我几乎是一集不落地听完了。那时播这些评书都是在晚上，我总是期待着天早点黑。我掇一张椅子来到稻场上，等着单田芳的"书接上回"，有时连蚊子咬我也顾不上拍。我那时既喜欢单田芳，又痛恨单田芳，喜欢的是他每天给我带来了新的期待和快乐，痛恨他的是每天总是在故事最精彩最刺激的高潮处戛然而止，让我"且听下回分解"。

给我带来快乐的还有姜昆、李文华、马季、赵炎等人的相声。听着听着我会像傻子一样肆无忌惮地开怀大笑，在笑声中带来一天美好的心情，赶走一天的劳累和疲乏。后来，我用自己赚的钱买了一台调频立体声收音机。那时神州大地开始风靡学习英语了，我每天就跟着收音机里学习英语：狗得猫狸，狗得衣服呢，爱辣无油……读得有板有眼。

再后来收音机里还时兴点歌。我为我喜欢的一个女孩接连点了好多天的歌，最后打动了女孩的芳心，她后来成了我的妻子。

…………

收音机陪我度过了青葱岁月，给我带来了希望，带来了欢乐，带来了知识，带来了爱情……

无论现在的视听工具多么先进，我和我们那一代人永远怀念收音机相伴的青葱岁月。

倾听也是一种孝顺

词典上是这样注释"唠叨"一词的：说起话来没完没了，使人厌烦。从词典上注释的意义来看，"唠叨"似乎是一个贬义词。仔细想想，"唠

叨"如果是年轻人的行为，的确会使人厌烦，但倘若是一个老人的行为，我们就应该同情、理解、迎合。

有人以为老人的唠叨是一种病态，其实这是一种误解。我国元代有一个叫邹铉的人，在他所著的《寿亲养老新书》中，把"唠叨"作为一个重要的健身长寿法；现代养生学也把"说得快"作为老人的四大健康标准（即吃得快，排得快，说得快，走得快）之一，这里的"说得快"其实就是"唠叨"。俗话说"树老根多，人老话多""十个老人九唠叨"，本来这就是一个很正常的证明老年人健康标志的生理现象。从医学的角度讲，老年人多说话有益身心健康，可以延缓头脑衰老，防止老年痴呆症。

老人的唠叨能成为后生进取的动力。据《岳飞传》记载，岳母就是一个爱唠叨的人，当岳飞从军后，岳母就经常在他面前唠叨好男儿立志报国的道理，后来怕儿子忘记，还亲自在岳飞背上刺上"精忠报国"4个大字。据报载，2008年北京奥运会，一人夺得了两枚金牌的奥运冠军杨威的父亲爱唠叨，杨威每次回家，父亲都会拉着他唠叨不停，从训练要吃苦，要听教练的话说起，一直说到盼望他在奥运会上为国争光，有时杨威在外，父亲还电话跟踪唠叨。杨威从没埋怨父亲啰嗦，而是认真听着，化为动力，记住了父亲的唠叨，才坚定了意志，取得了令世界瞩目的骄人的成绩……

面对老人的唠叨，晚辈们该做的是什么呢？我认为就是像杨威那样：倾听。我们要充当老人的忠实听众，给老人一个倾诉的机会，耐心倾听他们说话。多听听老人的唠叨，对老人和自身都有好处。心理学认为，每个人都有倾诉的欲望和要求。对晚辈来说，老年的经验阅历都是几十年沉淀下来，吸取精华，对年轻人大有益处，哪怕是对老人责怪性和埋怨性的唠叨，我们也要不急不躁，多理解，让老人倾诉完后心情舒畅、开心。我们都希望老人健康长寿，其实，唠叨能让老人少生病。因为，不唠叨的人往往都把很多不顺心的事埋在心里，这样必然会导致吃不好、睡不稳，容易使神经系统的防御功能和脏腑功能失调，让疾病乘虚而入，如原发性高血压、脑动脉硬化、冠心病、肿瘤等。

我们应该鼓励老人唠叨。特别是那些儿女长年在外工作的空巢老人，如果我们是他们的邻居，有时间就应该去陪他们聊聊天说说话；对沉默寡言的老人，我们还要多鼓励他（她）开口说话。作为老人的子女，不论工作多忙，也要抽出时间多回家看看，像《常回家看看》这首歌中唱的"找点空闲找点时间，领着孩子常回家看看，带上笑容带上祝福，陪同爱人常回家看看"，听听"妈妈准备的一些唠叨"。

"树欲静而风不止，子欲养而亲不待"，孝敬老人除了物质上的给予，让老人有一个稳定的生活保障，还有很重要的一点就是，找个时间，坐下来，好好地倾听老人的唠叨。

记住：倾听老人的唠叨也是一种孝顺。

学会分享别人的快乐

一天，一位西装笔挺的客人神采飞扬地走进汽车销售行。被誉为"世界上最伟大的推销员"的乔吉拉德热情地接待了他，为他介绍不同品牌的车子，并耐心地说明车子的性能、优点，客人频频微笑点头，当即答应购买一辆。乔吉拉德带着客人一起走向办公室，准备去办手续。客人还在一路说着话，见客人已经决定了购买，乔吉拉德沉浸在推销成功的喜悦中，没理会客人在说什么。不料，到办公室后，客人竟然改变了主意，拂袖而去了。乔吉拉德百思不得其解。当晚，他实在按捺不住想弄清缘由的念头，于是，照着客人留下的名片拨通了电话："先生，对不起！我看您本来要买车，后来却生气不要了，能不能告诉我，我哪里做错了，好让我以后改进？"客人回答说："我是很生气！我的确是要买车子，连支票都开好带在身上了。可是，我在随你到办公室办手续的路上，三次提到我买车子的原因时，你却毫无反应。你知道吗？我儿子考上世界著名的哈佛大学，全家高兴极了，所以要买辆车子送他！"乔吉拉德这才恍然大悟。原来他没有体会到客人想有人来分享他的快乐的那份心情。

日常生活中，很多时候，我们可以"悲伤着别人的悲伤"，却不能"快乐着别人的快乐"。殊不知，在别人快乐时，跟着开怀大笑，说几句恭喜祝贺的话，满足一下别人的成就感、价值感、幸福感，往往能迅速拉近双方的心理距离，收到意想不到的回报。

战国时期，魏国有一名大将庞涓，指挥魏军打了不少胜仗，是当时人们眼中了不起的军事家。他有一个同学名叫孙膑，是齐国人，据说孙膑是著名的军事家孙武的后代，通晓祖传的13篇兵法，孙膑的军事才能远在庞涓之上。庞涓向魏惠王举荐孙膑，魏惠王很高兴地派人请来孙膑，共议国事。孙膑的才能渐渐地显露出来了，很得魏惠王的赏识。作为同学，孙膑取得了成绩，庞涓本应分享他的快乐，为他高兴。可是，庞涓的嫉妒心却越来越严重，竟然设计陷害孙膑，诬陷孙膑私通齐国谋反。结果孙膑被魏惠王治了罪，剜掉了双腿的膝盖骨。成了残废人的孙膑被人带回了齐国，受到了齐国国君的重用，任命他为军师。在后来的一次齐魏交战中，孙膑采用"减灶"之计，大败庞涓。庞涓身中数箭，无路可走，在树下自刎了。

庞涓的愚蠢在于，眼红别人成功后的荣耀，不懂分享同学成功的快乐。如果他调整心态，真诚地去分享孙膑的快乐，并向他学习，一定能共同进步，收获成功，收获快乐。

有一家知名企业，在央视举办了一场电视招聘会。最后入围的有三名求职者，他们将竞争海外经理一职。由于职位只有一个，因此三人都不敢掉以轻心，相互展开了激烈的角逐。几轮考查问话下来，他们的回答精彩纷呈，各有千秋，就连在场的几名评委也感觉难分伯仲。最后由总经理定夺。总经理没有参与评选，但他一直在场观看。当主持人问总经理心里可有合适的人选时，总经理上前拥抱了一位名叫邵进伟的年轻人。主持人问总经理："你为什么选择邵进伟？"总经理说："不知道你们注意到没有？当另两名竞争对手说到精彩处时，邵进伟没有半点嫉妒，竟然很自然地微笑着为对手使劲鼓掌。另外两名年轻人却没有这种行为。邵进伟懂得分享别人的快乐——这就是我决定聘用他的原因。"

邵进伟是明智的，他懂得分享别人的快乐。为别人鼓掌，为别人喝彩，这是一个双赢的行为，最终自己也赢得了成功。

一个人的快乐是非常有限的，千千万万个人的快乐加起来就是无际无边的。如果我们学会了分享别人的快乐，就能够跟着别人的快乐而快乐，那我们整天不就快乐似神仙了吗？分享别人的快乐，会带来良好的效应，会让别人对我们产生很大的好感，也会让别人更加快乐，更能帮助我们取得意想不到的成功。我们每天生活在快乐的氛围中，就会传递积极向上的正能量，提升生活的幸福指数，如此一来，何愁不学习好工作好生活好呢？

孩子是一段未经雕刻的树根

受"不要让孩子输在起跑线上"这一思想的影响，现在很多望子成龙、望女成凤的父母，不顾孩子的性格和兴趣，以自身的眼光给他们设计未来的成才之路，剥夺他们的节假日和空余时间，报了很多培训班，以为只要舍得投资，从小培养，就一定能早日出人头地。可是，结果往往事与愿违，很多孩子消极应付，渐渐地对学习产生了一种害怕和抵触的心理，最后什么都没有学好。然而，这时我们家长一味认为是孩子的问题，是他们不好好学习造成的，很少有家长去反思自己的"赶鸭子上架"行为。

有这样一则故事也许能给我们一些启示。2013年中国好声音年度总冠军李琦的父亲，在李琦读小学的时候，代李琦报了一个周末美术培训班，可是李琦去了几次后，就不愿去了。无奈之下，李琦的父亲去请教他的一位雕刻家朋友，问雕刻家朋友该怎么办。雕刻家朋友没有直接回答李琦的父亲，而是把他带到后院里。在他家的后院里堆着一堆未经雕刻的树根。雕刻家朋友从中随意抽出一段树根，问李琦的父亲："你说，这像什么？"李琦的父亲看了半天也看不出这段树根像什么，便说："不像什么，就是一段树根呀。"雕刻家朋友拿出一把雕刻刀，在树根上雕刻起来。不一会儿，开始似乎什么都不是的树根，竟成了一匹呼之欲出的骏马。李琦的父亲好奇地问："拿到一段树根，是不是你想雕什么就是什么呢？""不是这样的。"雕刻家朋友回答说，"在雕刻之前，我要看看这段树根像什么，它像骏马，我就把它雕成骏马；它像耕牛，我就把它雕成耕牛。如果它像骏马，你偏要强行去把它雕成一头耕牛，像这样是出不了上乘之作的，甚至会完全毁掉一段好好的树根。"

听了雕刻家朋友的话后，李琦的父亲茅塞顿开：儿子李琦不就是一段未经雕刻的树根吗？儿子对绘画一点儿不感兴趣，自己却硬逼着他学习绘画，这岂不就如同像骏马的树根，却偏要强行雕成耕牛吗？李琦的父亲回家后不再逼儿子学习美术了，他问李琦想学什么，李琦说想学习唱歌。于是李琦的父亲按儿子的意愿给他报了音乐培训班。李琦果然学得很投入很认真。这样一路走下来，李琦终于在2013年中国好声音年度决赛中脱颖而出，成为了总冠军。

可见，一个人在成才之前，就像一段未经雕刻的树根，我们家长如果不顾"树根"的原貌和特点，只是按照自己的一厢情愿去"雕刻"，结果就会毁掉了很多上好的"树根"。

一百年前，鲁迅先生就在《我们怎样做父亲》中说："孩子的世界与成人截然不同，倘不先行理解。一味蛮做，便大碍于孩子的发达。"鲁迅先生这里说的"先行理解"，理解的是什么呢？我认为就应该是孩子的兴趣爱好特长等。只有充分了解这些内容之后，才不会"大碍于孩子的发达"，才有可能找准孩子成才的"兴趣点"，再加以开掘，因材施教，扶上马送一程，孩子就有成才的希望。

灿烂的星空等你欣赏

曾经读到过这样一个故事。有一个小男孩，12岁的时候遭遇了一场车祸，失去了左手，他从此怨天尤人，诅咒命运为什么对他如此不公平。渐渐地男孩长大了，开始为生存操心。为了能养活自己，他跟随一位师傅学习涂油漆的手艺。经过艰苦努力的学习，他终于出师了，成为了一名出色

的油漆匠。他在给人家干活的时候，从来没有人看到过他的笑脸，因为始终有一个阴影笼罩在他的心头：一想到自己手的残疾，心里怎么也快乐不起来。这天有一位妇女请他到家里粉刷墙壁。油漆匠一走进门，看到妇女的丈夫双目失明，拄着拐杖在家中摸来摸去，油漆匠顿时流露出怜悯的目光。可是这位盲人，每天都面带微笑地和油漆匠聊天。盲人开朗乐观，会讲很多笑话，所以油漆匠在那里工作的几天里，心情变得愉快了，每天和盲人谈得很投机，陪着他有说有笑。工作完毕的那天，油漆匠取出账单，妇女发现油漆匠的收费，比之前谈妥的价钱打了一个很大的折扣。她问油漆匠："怎么少算这么多呢？"油漆匠回答说："我跟你先生在一起觉得很快乐，他对人生的态度，使我觉得自己的境况还不算最坏。所以减去的那一部分，算是我对他表示的一点谢意，因为他使我不会把工作看得太苦，他激起了我对生活的信心！"果然从此以后，油漆匠不再在自己的独臂上纠结，每天快快乐乐地工作和生活。

人生如行船，不会永远是一帆风顺的坦途，有时会遭遇很多坎坷和不幸，突然会失去我们曾经为之骄傲的拥有，让顺境变成了逆境。这时就是考验我们的时候。是一蹶不振地退缩，还是泰然处之地正视？是痛彻心扉地呼号，还是重新开始微笑？泰戈尔说得好："如果你因失去太阳而流泪，那你也失去群星。"失去固然是一种痛苦，其实也是一种幸福，因为失去的同时也在得到。失去了太阳，可以欣赏满天的繁星；失去了绿色，可以得到丰硕的金秋；失去了花朵，可以拥有丰收的果实。

这就是我们的人生，有时候我们无法改变生活，却可以改变对待生活的态度。请记住，人生旅途中，即使面临黑夜，也有灿烂的星空等你去欣赏。

儿大也应由父母

在我们的家教思维中似乎有这样一个误区：教育孩子只限于孩子未成年之时，孩子大了就应该放手让他们自己去飞翔，做父母的就不要再去管他（她）了。这句话从培养孩子独立自主性格的角度来说当然是正确的，但从教育孩子的角度来说就不妥当了。须知，父母对于子女的教育，负有终身之责。

南北朝时期北齐著名文学家和教育家颜之推先生，在他所著的《颜氏家训》一书中，记载了这样一则"子发母拒子入门"的故事：

战国时楚国有一员大将名叫子发。有一次，子发奉楚宣王之命，带兵和秦国作战，一个月后补给没有跟上，前线断了粮草。子发派人向楚王告急，使者见过楚王以后，又到子发家，问候子发的母亲。

子发的母亲问使者："兵士们每天都能吃饱吗？"

使者说："粮食不多，军队里还有一点豆子，大家只能一粒一粒分着吃。"

子发的母亲又问："你们的将军身体好吗？"

使者说："将军每顿都能吃上肉食和米饭，身体很好。"

子发的母亲听了很不高兴。

几天后粮草补给到了，子发带领士兵奋勇杀敌打败了秦军，凯旋向母亲报喜。可是他的母亲却紧闭大门，不准儿子进家。子发只好跪在门外听门里母亲的大声训斥："你听说过越王勾践伐吴的故事吗？有人献给越王一罐酒，越王就派人把酒倒在江的上游，让士兵们一起饮下游的水。虽然大家并没尝到酒味，但他们感恩不已，下次作战时，每个人的战斗力提高了5倍。过了几天，又有人献给越王一口袋干粮。越王又把它分给了士

兵。虽然大家并没有能够吃饱肚子，但每个人的战斗力却提高了10倍。现在，你身为将军，粮食不够，士兵们只能分一点豆粒吃，你自己却早晚都是肉食米饭，这是什么道理？你使士兵陷于死地，而自己却在上面享乐。这样做将军，虽然打了胜仗，也只是出于偶然，并不是你的功劳。你这样做，还能算是我的儿子吗？你不要进我的门了。"

子发听了母亲的批评，觉得很有道理，赶紧向母亲承认错误，表示决心改过，母亲才打开大门，让儿子进家。后来，子发时时记起母亲的教育，一生清廉，官至上将军，深受朝廷和军民的爱戴。

按说，儿子已是统率千军万马的将军，无须父母再操心。但子发的母亲发现儿子有问题时，仍然苦口婆心地说服教育。试想，在这样的母亲面前，还何愁子女不走正路呢？

千万不要用"风大鸟儿不飞翔，儿大不由爹和娘"这句俗话来推脱责任。儿大也应由父母，但愿这则故事能给人们一点有益的启示。

藏在玻璃球中的爱

这是发生在某学校的一个真实的故事。

有一个叫胡鑫的学生，3岁时父亲去世了，5岁时母亲改嫁远走他乡，胡鑫只有靠爷爷奶奶抚养。9岁时，胡鑫害了一场眼疾，因医治不及时，导致左眼失明，右眼视力只有0.2。12岁时，爷爷去世，唯有与60多岁的奶奶相依为命，靠奶奶到处捡拾垃圾和种点菜卖维持生计。冬天到了，胡鑫还是穿着单薄的衣衫，连鞋子也是拖鞋。班主任同情他，在一次班会课上，用煽情的语言讲述了胡鑫的遭遇，号召全班同学来帮助他。于是第二天，有同学捐出了自己只穿了一次的新棉袄，有同学捐出了生日时妈妈买的羊毛衫，有同学捐出了自己喜欢的运动鞋……

学校政教处得知这一情况后，觉得这是宣传学校形象的一个绝好机会，特地请来了县电视台科教频道的记者，要在记者的摄像头前，由班主任把这些衣物交到胡鑫的手上。可是出乎意料的是，胡鑫坚决拒收。事后班主任询问原因，胡鑫说，如果一上电视，全县的人都知道这件事，他觉得没有自尊，无地自容，这比寒冷更难受，他不想让人轻视和可怜。

其实，胡鑫的这种想法，代表了很多受赠人的心理。要知道人都是要脸面的，谁都不想把自己的痛苦到处放大，谁都不想别人在自己面前炫耀和张扬。因为他们要的不是可怜和同情，他们要的是尊严和爱。

近日读《哈佛家训》一书，看到的一个故事，让我明白了一个道理：当你想帮助别人的时候，不应该像施舍乞丐似的赤裸裸地去做，而应该把同情心用爱巧妙地包装起来。

在美国爱达河州东南部的一个小镇上，有一个名叫米勒斯的小蔬菜商人，每天在路边摆一个小菜摊赚点钱过日子。有个叫巴里的孩子，每天放学经常光顾米勒斯先生的菜摊。但因为家里穷，巴里买不起这些水灵灵的时令蔬菜，他只是来看看饱饱眼福的。米勒斯先生照样热情地接待他，就像对待每一个来买菜的大人一样。

有一天，巴里看着米勒斯先生的菜摊上绿油油的豌豆不眨眼。米勒斯先生问："巴里，要带点儿回家吗？"

巴里说："不要，米勒斯先生。我没钱买。"

米勒斯先生同情这孩子，看他那黄瘦的样子，就知道营养不良。米勒斯先生想送他一些豌豆。但他知道直接送给巴里，这孩子肯定不会要的，别看这孩子小，却很有骨气，以前米勒斯先生给过他几次菜，他坚决不

要。这次，米勒斯先生想到了一个办法。米勒斯先生说："嘿，巴里，你有什么东西和我交换吗？用东西交换也可以呀！"

巴里眼睛一亮："哦……我有几颗从同学那里赢来的玻璃球。"

"真的吗？让我看看。"

巴里拿出一个蓝色的玻璃球。米勒斯先生故意装出很失望的样子说："可惜啊，我想要个红色的。你家里有红色的吗？"

"应该有吧！"巴里兴奋地说。

"这样，你先把这袋豌豆带回家，明天来的时候把那个红色玻璃球带给我。"

巴里兴高采烈地拿着豌豆回家了。以后米勒斯先生为了帮助巴里，每次就这样假装着和他为了一个玻璃球讨价还价。巴里带着红玻璃球来时，米勒斯先生会说他今天不要红的，想要绿的或橘红色的。当然他总是让巴里把菜先拿回家。米勒斯先生还用同样的方式，施舍过另外几名孩子。米勒斯先生就是这样用爱把自己的同情心包装起来，接济比自己更困难的人。巴里等几个被施舍的孩子长大成人之后，明白了米勒斯先生的良苦用心，他们从米勒斯先生身上学到了让他们受益一生的优秀品质。后来这几个孩子都成为了很有出息的人。

我们这个社会不能没有同情心，同情心是难能可贵的，但如果让同情心不自觉地演变为一种我比你强的炫耀时，同情心就不再是同情心，也就成为了一种作秀表演和对弱者的轻视。

别让爱成了伤害别人的道具，要像米勒斯先生那样把爱藏在玻璃球中。

孝心助他获得诺贝尔奖

　　英国著名的物理学家瑞利从小就是一个孝顺的孩子，深得母亲克拉腊的喜欢。瑞利在5岁的时候就懂得爱护母亲了，母亲洗碗时，他竟然拿来两个尼龙袋要母亲套在手上，说这样就不怕油污沾手了。10岁的时候，瑞利看见母亲冬天拖地时，手握着冰冷的拖把柄，他找来几块布缠在了拖把柄上。

　　瑞利也是一个聪明的孩子。1860年，他以优异的成绩考入剑桥大学。5年后大学毕业时，被学校列为最有创造力的优等学生，被剑桥大学留校任教，出任剑桥大学卡文迪许实验室主任职位，从而开始了电化学的研究。他在1892年发现了第一个惰性气体——氩，奠定了在化学研究领域的地位。

　　然而，让瑞利最终攀上科学高峰的不是化学，而是他业余喜爱的物理学。1904年，62岁的瑞利获得了诺贝尔物理学奖。当记者采访他时，他向记者讲述了获奖的经过。

　　这年，瑞利的母亲克拉腊85岁高龄了。她一生都有爱喝茶的习惯，但由于年纪大了，手脚不太灵便，母亲端碟子的手总爱颤抖，导致光滑的茶碗在碟子里滑动，经常把茶洒出来，有几次还滑到地上摔碎了。

　　瑞利看在眼里，急在心里。他每次要去帮母亲，可母亲很倔强地不要他管，怕耽误了儿子宝贵的时间。瑞利提醒母亲直接用茶碗喝，不要用碟子在下面托着，但母亲不同意，说小时候养成的习惯改不了。瑞利想，有没有办法使茶碗在碟子中滑不动呢？有一次，瑞利观察到母亲起初端来的茶碗很容易在碟子中滑动，可是，在洒过热茶的碟子上，茶碗就不滑动了，尽管母亲的手仍旧摇晃着，碟子倾斜得更厉害，茶碗却像吸在碟子上

似的，不再移动了。

　　瑞利头脑中灵光一闪，是否因为碟子中有水增大了摩擦力就滑不动了呢？随后，瑞利用茶碗和碟子反复实验起来，他还找来玻璃瓶，放到玻璃板上进行实验，看看玻璃板慢慢倾斜时瓶子滑动的情况。接着他又在玻璃板上洒些水，对比一下，看看有什么不同。经过多次实验和分析，他对茶碗碟子之间的滑动得出了这样的结论：茶碗和碟子表面总有一些油腻，油腻减小了茶碗和碟子之间的摩擦力，所以容易滑动。当洒上热茶时，油腻就溶解散失了，碗在碟中就不容易滑动了。

　　瑞利于是告诉母亲，每次喝茶时，在碟子里淋上一点水，茶碗就不会滑动了。从此以后，母亲能平平安安地喝茶了。

　　但瑞利的研究并没有停止，接着，他又进一步研究油在固体物摩擦中的作用，提出了润滑油减少摩擦力的理论。后来，他的发现被运用到生产和生活中去，在有机器转动的地方，几乎都少不了润滑油。1904年，瑞利凭借这一重大发现，一举获得诺贝尔物理学奖。

不要打扰别人的幸福

　　老王的儿子考上了一所普通的二类大学，老王很知足。那天他特地买了一大袋高级水果糖，拿到单位见人就发。当听到同事们热情的祝贺声时，老王笑得阳光灿烂。可是有位同事却说："普通大学读得没什么作用，现在连一类重点大学的毕业生也难找工作，更别说二类大学了。"刚才还喜气洋洋的老王一听这话，脸上的笑容僵住了，剩下的半袋糖拎在手里，发也不好，不发也不好，就站在那儿不知所措。好好的祝福气氛一下变得异常尴尬。

　　清洁工王阿姨正在扫马路，突然下起了小雨，王阿姨想坚持一会儿扫完后再回家，就冒着小雨还在那儿扫。这时王阿姨的老公骑着自行车急匆匆地赶来给王阿姨送来了雨衣。王阿姨看着老公笑了。老公让王阿姨休息一下，剩下的一段路由他来扫。王阿姨一脸幸福地把扫帚交到了老公手里，就跑到旁边楼房的门洞里躲雨去了。门洞里有个老婆婆看见了说："我说大妹子，你也快有50岁了吧，你老公怎么这么狠心还要你出来当环卫工扫马路？"王阿姨愉快的心情一下被这句话搅乱了。老婆婆没看到王阿姨脸色的变化，仍在那儿喋喋不休："你每天这样辛辛苦苦，你儿子女儿也忍心？……"王阿姨一声不吭地跑到老公面前，冷着脸抢过扫帚扫了起来，搞得老公莫名其妙。

　　老刘在外地工作的女儿，快递给他寄来了一件"七匹狼"衬衣，老刘穿在身上神气十足，当有人说好的时候，老刘就笑眯眯地说是女儿买的。可是有位同事看了看领口上的商标后说："你这不是正宗的'七匹狼'，是假冒的水货，你看这个标志，乍看是狼其实是狐狸……"从第二天起就没再见过老刘穿那件衬衣。

　　我们身边这样给人添堵的事例还可以举出很多很多。现实生活中，每个人心里都有一朵美丽的幸福之花，尽管有的显得很卑微很渺小，但它是开在心中最柔软的快乐之花。我们不要去随便打扰别人的幸福，不要去人为地伤害那朵娇柔的小花，唯有让它在每个人的心中尽情地绽放摇曳，我们的人生才会多一份妖娆和明媚。

孝心生慧眼

　　泰国的南部盛产椰子。当地农民每家都拥有大片的椰树林，他们每年的主要经济来源就靠出售椰子。椰子不像其他的果树那样大多秋季成熟采摘，椰树一年四季随时都会有成熟的椰子，因此，每个季节里都得采摘。然而，采摘椰子并非是一件轻松活儿，那一棵棵椰树高达十几米，而且树干光滑，没有枝丫，只有靠人工爬到树上手工采摘，采摘的难度非常大。年轻人手脚灵活、有力气，还容易操作，可是年纪大一点的人就有困难了，常常会出现一些失误。因此，每年都要发生一些安全事故。

　　有一个叫沙旺布克的青年，就亲眼目睹了父亲从高高的椰树上摔下来，摔断了一只手的惨景。那天沙旺布克单位放假了，他就回家去帮父亲采摘椰子。父亲为了安全起见，不让他上树，只要他在树下收集椰子。他就在树下仰望着父亲，有一个椰子离父亲的手较远，父亲就尽力挺直身子，伸长手臂去摘，没想到脚在树干上没有站稳，失去了重心，一下摔了下来，幸好树下面铺有一层草垫，但还是将父亲的右手摔断了。

　　沙旺布克在心疼父亲的同时，心想有没有什么好的办法能让父亲减轻劳动强度，远离危险呢？其后，这种想法一直萦绕在他的心头。有一天，沙旺布克去镇上看了一场马戏表演。当他看到一只猴子在光滑的竹竿上随心所欲地上蹿下跳时，突然眼前一亮：猴子既然如此会攀爬，假如训练一只猴子，让它代替父亲采摘椰子，不就将父亲从劳累危险的境地里解脱出来了吗？

　　于是，沙旺布克向单位请假。他买来了一只猴子，请一名驯兽师驯猴。一个月之后，这只聪明的猴子就能按照主人的吩咐，独立完成采摘椰子的任务了。于是，沙旺布克家的椰子全由猴子代劳采摘了。

当沙旺布克家的猴子空闲的时候，有邻居上门愿出钱租用他家的猴子采摘。沙旺布克眼前又一亮：我为什么不专门训练一批猴子卖给别人呢？

沙旺布克发现了商机。于是，他辞了职，向银行贷款，筹措资金，成立了一所驯猴学校。高薪聘请马戏团的专业老师，专门训练猴子采摘椰子的技术。经检验，猴子采摘椰子的工效比人高了三四倍。第一批猴子训练结业后，被那些庄园主或个体椰农以出租的形式，抢订一空。随后他又训练了一批，供不应求。短短几年时间，沙旺布克就成了泰国首屈一指的富翁。

其实机遇并不缺乏，很多时候，机遇就在身边，我们只是缺乏一双发现机遇的慧眼。孝心让沙旺布克具有了这样的慧眼，从而帮助他发现了机遇，并抓住机遇，走向成功。

潘长江喊山

著名喜剧表演艺术家潘长江出生在黑龙江省牡丹江市东宁县的一个小镇上，在读中学的时候他的身高就比同龄人矮半截，每次做操站队时，他总是站在最前面。他本是一个天性活泼爱说爱笑的人，可是，每次回头看后面那些比他高的同学时，总有一种自卑感莫名其妙地袭上心头。最让他难堪的是在食堂排队打饭，有时前面是比他高的，后面也是比他高的，他夹在中间别人不说什么，他自己就觉得很不是滋味。

有一次，班上一个同学故意欺负他，那个同学竟然当着全班同学的面，骂了他一声"矮子"。潘长江感到自尊心受到了强烈的伤害，虽然那

个同学比他高半个头，但潘长江一气之下冲了上去，一头撞向了他的腹部，把他顶倒在地。那个同学爬起来后，一边骂着更难听的话，一边扑过来要扇潘长江的耳光。潘长江灵巧地躲过了，随后潘长江冲上去抱住了那个同学的腰，两人扭打在了一起。刚好班主任赶来制止了他们。班主任把他俩叫到办公室，当听说是潘长江先动的手时，班主任狠狠地批评了他。

这件事让潘长江心里很不服，而那个同学还火上浇油，纠集一些同学，常常指桑骂槐地嘲笑潘长江。潘长江忍气吞声，只当没听见，也不再与那些同学交往了，心里对他们充满怨恨，在上学和放学的路上遇到那些同学时，潘长江和他们冷眼相对，不说一句话。

潘长江的母亲当时是辽北地区有名的评剧演员，当她看到一向喜欢讲话的儿子，在家里的话少了时，就意识到儿子有什么事闷在了心里没有排解出来。母亲耐心地询问潘长江怎么了，潘长江向母亲诉说了事情的原委。母亲知道自己儿子性格的倔强，仅仅凭几句语言开导是解决不了问题的。

恰好第二天是星期天，母亲对潘长江说带他去爬山。潘长江从小就喜欢运动，一听说要去爬山，心情一下高兴起来了。母亲带他坐车来到了邻县的一座山上，母亲说："儿子，妈妈知道你心中有委屈，有什么委屈你就对着对面的山喊出来吧，喊出来心里会好受一些。"

潘长江见母亲这样说，就站在那儿大声地喊"我恨你们——我恨你们——我恨你们——"他的声音刚刚停下，就听到山谷中传来更大的声音"我恨你们——我恨你们——我恨你们——"潘长江接着连喊了好几声，那巨大的回声在山谷中飘荡。

母亲问："心里好受了一些吗？"潘长江说："舒服多了。"

这时，母亲说："那你现在换一句话喊喊好吗？"

潘长江不知母亲葫芦里卖的什么药，就说："换一句什么话喊呢，妈妈？"

母亲说："这回你喊'我爱你们'！"

潘长江鼓足力气，连喊三声"我爱你们——我爱你们——我爱你们——"空旷的山谷很快传来"我爱你们——我爱你们——我爱你们——"的婉转绵长的回声。

这时，母亲说："儿子啊，听见了吗？你喊山时，你喊什么它就回响什么。山其实在用它的回声告诉我们一个道理：有时别人对你的态度取决于你对他的态度，你对别人的态度怎样，别人便以怎样的态度对你。所以，当我们渴望得到周围人的关爱时，首先就要向对方付出自己的真诚和友善，这样才能化解矛盾、冷漠和孤独，赢得别人的尊重，收获别人的友爱！"

潘长江豁然开朗。回到学校后，他放下一切怨恨，以真诚和微笑对待每一个同学，当然包括那些伤害过他的同学，并充分发挥自己的幽默才能，给同学们带来了欢笑开心。他与同学们的关系越来越融洽，同学们越来越喜欢他这个"开心果"了。

最简单的奇迹

这是她19岁那年读大一时，心理学教授卡尔思·洛力给出的一道测试题目："请你列出你心目中认为的当今世界上的七大奇迹。"卡尔思·洛力教授规定学生们得在10分钟内将自己的答案写在一张纸上交上来。

10分钟后，卡尔思·洛力教授收齐了答案，他当着全班同学的面，

一个一个阅读。读一个摇摇头，再读一个又摇摇头……因为大部分学生的答案基本相同。他们按照以前在地理教材上学到的知识，列出的当今世界上的七大奇迹是：1.埃及的金字塔；2.印度的泰姬陵；3.美国的大峡谷；4.巴拿马运河；5.美国的帝国大厦；6.罗马的圣彼得大教堂；7.中国的万里长城。

卡尔思·洛力教授看完了全部答案后，没有一个满意的。当他正准备宣布下课的时候，有个女生跑上了讲台，说："教授对不起，我刚刚才写完。"说完递上了自己写有答案的笔记本。

卡尔思·洛力教授翻开笔记本，默默地读了起来。卡尔思·洛力教授眼睛马上放出了亮光。只见这女生写道："世界上的奇迹有很多，各人有各人不同的看法，我觉得世界上的七大奇迹是：1.我们能看见世界上美好的事物，比如春天的鲜花；2.我们可以听到虫鸣鸟叫和快乐的歌声，比如知了的叫声和同学们的歌声；3.我们能触摸新奇有趣的东西，比如能发光的萤火树；4.我们能品尝美味的食物，比如新鲜三文鱼；5.我们可以感觉到亲友的关怀，比如我舅舅送我生日礼物；6.我们可以随心所欲地大笑，比如我们班拔河比赛赢了的时候；7.我们能爱人与被人爱，比如我们班正在恋爱的同学。"

卡尔思·洛力教授激动得直耸肩。他稳定了一下情绪，扫视了全班同学一眼后，朗声宣读了一遍这位女生的答案。闹哄哄的教室突然间安静了下来，卡尔思·洛力教授宣读完后，教室里立刻响起了雷鸣般的掌声。

卡尔思·洛力教授挥手示意大家安静下来后，意味深长地说："同学们，这个世界上的的确确有很多奇迹存在，可是，很多人都习惯把关注的目光投给那些举世瞩目、惊天动地的东西，而忽略了我们身边的那些细小而美好的事物。其实，在我们的生命中，那些最简单而最平凡的东西才是我们生命中的奇迹啊！"

　　你一定很想知道写出这个答案的女生是谁吧？她就是荣获2013年诺贝尔文学奖的加拿大女作家爱丽丝·门罗。

后记

　　一晃我就到了知天命之年。回顾这一生，似乎从婴幼儿时候起就与书结下了不解之缘。听母亲说，我满周岁"抓周"的那一天，抓的第一件物品就是一本书。随后从启蒙读书一直到现在，书籍成了我每天不可或缺的朋友，读书成了我精神生活中重要的内容。书籍伴随着我一路成长，并且还将伴我慢慢变老。

　　我是个爱书之人。在我童年的记忆里，从小学一年级开始，每学期初领到新书后，我都要用那时包装水泥的牛皮袋裁成的纸，把新书的封面包裹起来，然后在上面工工整整地写上我的名字。我至今还记得当时写下名字时的那种神圣的感觉。

　　小时候，每次上街我最爱逛的地方就是书店，我会用平时攒下的零用钱买一本书。我那时最爱看的是连环画，那个年代能够得到一本彩色的连环画，是一件能让人兴奋得几个晚上睡不着的开心事。我还记得买的第一本彩色连环画是《小号手》。我还能讲述出书中的小号手，从一个放牛娃成长为英勇的红军战士的曲折动人的故事。

14岁那年我生过一次病，在医院躺了19天。一天，我那当民办教师的叔叔来看我，问我想吃点什么，我说什么都不想吃，就是想看书。叔叔马上去书店给我买了5本连环画和1本长篇小说《海岛女民兵》，这几本书陪我度过了医院那段难熬的日子。

在师范读书期间，我有空就扑在图书馆里如饥似渴地读书。我最喜欢读的是文学方面的书籍，我读完了我国古代四大名著，还读了《红与黑》《三个火枪手》《茶花女》《呼啸山庄》《悲惨世界》等多部外国文学名著。有时看到同学手里有学校图书馆没有的好书，我就主动帮同学打饭打洗脸水来套近乎，目的就是让同学能优先给我看。那时，我还养成了边读书边写读书笔记的习惯，这个习惯一直保持到了现在，我家的书柜里码满了我的读书笔记本。

参加工作后，我依然喜欢读书。陶渊明说他一生有三大爱好：喝酒、读书、写文章。其中我有两大爱好竟然与陶渊明相同：读书和写文章。我曾在我的博客上写过这样一句话：用读书来休闲，用读书来养心，用读书来益智。现在，每天工作之余，当别人在打麻将或玩电脑游戏时，我会一杯清茶相伴，手捧一本我喜爱的书，开始我的休闲养心益智之旅。朋友们都说我有书卷气，这都是书籍日久浸淫的结果。读书养我心，读书乐陶陶。

书读多了，我也不知不觉地爱上了写作。于是在读书的同时，我开始文学创作，迄今我已在全国1000多家中外报刊上发表文学作品200多万字，并多次在全国各级各类大赛中获奖，还荣获了湖北省首届秦兆阳文学奖。已经公开出版了3部文集。2011年12月，荣幸地加入了湖北省作家协会。

在本书即将付梓之际，感觉要说的话太多太多，千言万语化为两个字：感谢！感谢文学，让我每天的生活充满阳光；感谢书籍，让我平凡的

人生丰富多彩；感谢读者，抽出宝贵的时间阅读拙著。

　　是为后记。

邵火焰

2015年春